조흔파얄개걸작시리즈 3
얄개·꼴찌에게 갈채를
조흔파 지음

동서문화사

얄개·꼴찌에게 갈채를
차례

교무실 단골 손님 … 5
우등생과 꼴찌 … 17
수위 아저씨의 허풍 … 30
생사를 함께 하는 위문단 … 40
솔직히 공부하기 싫지? … 48
드디어 해방이다 … 60
바다는 부른다 … 73
만나자마자 아웅다웅 … 84
고양이 술, 비둘기 요리 … 94
동구 밖 과수원 길 … 106
천벌을 받은 거야 … 119

보물섬에 갇히다…129
운전사 아저씨의 활약…139
두 아버지의 대결…149
고양이 오누의 가출…157
여객선에서 일어난 일…165
이상한 여자아이…176
은혜 갚기…183
가출 소녀…194
사람을 찾습니다…205
불량배와의 싸움…218
난희 아버지의 도움…233
풍선에 소원 쓰기…242

교무실 단골 손님

여기는 슬기초등학교 교실.

세계 어느 나라 초등학교든 공부 시간 외에는 늘상 시끌벅적하게 마련이지만, 오늘따라 이 학교 5학년 1반 교실은 유난히 소란스럽다.

오늘이 바로 1학기 마지막 수업일인 방학식 날이기 때문이다. 그러니까 내일부터는 신나는 여름 방학. 아이들은 끼리끼리 모여 저마다 여름 방학 계획을 자랑하느라 떠들썩하다.

"우리 집에선 경포대로 해수욕 갈 거다."

"난 우리 삼촌이랑 설악산에 도전하기로 했어. 그게 바다에 가는 것보다 훨씬 근사하잖냐."

"난 밀린 잠이나 실컷 자야겠다. 찌는 듯한 여름엔 뭐니뭐니해도 시원한 그늘 밑에서 자는 낮잠이 최고야."

그때 아이들의 들뜬 목소리를 헤치고 은보라의 심드렁한 목소리가 튀어나왔다.

"야, 손해 봤다. 난 여름 방학이 길어지는 줄 알고 은근히 기대했는데, 이게 뭐야. 작년하고 똑같잖아?"

"뭐가 손해니? 공부를 더 많이 하는 게 좋지 뭐."

5학년 1반의 공부 벌레 성민이가 은보라의 말을 반박하고 나섰다.

"넌 어째 그러냐. 학교 와서 하는 것만 공부냐? 방학이 길어도 집에서 하면 마찬가지야."

"어이구, 네가 행여나 집에서 공부하겠다. 학교에서도 놀기만 하는 애가."

"내가 언제 놀기만 했냐? 그리고 또 산으로 바다로 다니면서 하는 자연 공부도 무시 못한다, 너."

"보라야!"

"뭘 보라는 거야, 갑자기?"

"하하하!"

옆에 있던 찬식이, 명호, 철수 등이 웃음을 터뜨리자, 은보라가 꽥 고함을 질렀다.

"얘들이 왜들 실없이 웃고 그래?"

"이름을 불렀는데 네가 뚱딴지 같은 말을 하니까 그렇지."

"그러게 이름을 부르겠거든 '은보라 군'하고 성까지 똑바로 붙여서 불러야지 덮어놓고 보라야니? 보긴 뭘 봐?"

아이들이 다시 까르르 웃음을 터뜨렸다. 그러자 성민이가 자못 정중하게,

"그럼, 은보라 군."

하고 불렀다.
"왜 그래?"
"그렇잖아도 궁금했는데, 네 이름이 왜 하필이면 은보라니?"
그러자 나서기 좋아하는 명호가 얼른 끼어들었다.
"얼굴이 보랏빛이어서 은보라니?"
"아니야. 내 얼굴이 어디가 보라색이냐?"
"그럼 보라매처럼 눈이 날카로워서 보라지? 그렇지?"
"그것도 아니야. 명호, 넌 법석대지 말고 좀 잠자코 있어."
"옳지, 알았다. 보라연이 하늘로 붕 떠오르듯이 허풍 잘 치고 방정맞다는 뜻에서 아마 그런 이름이 붙었을 거야. 그치?"
찬식이 말에 은보라가 눈을 잔뜩 흘기며 대꾸했다.
"너희들 정말 함부로 날뛸 거냐?"
"그러니까 그렇게 화만 내지 말고 네 이름 풀이를 해보란 말이야."
"그래, 알았어. 에헴! 이 몸의 이름으로 말할 것 같으면, 은이란 성은 먼 조상님 때부터 전해져 내려오는 거니까 내 책임이 아니고……."
"그럼 보라라는 이름은 네 책임이고?"
"성민이 너, 잠자코 들어. 내 주먹이 운다."
"알았어, 알았다고."

"내 이름 말인데, 내 생일은 겨울이야. 그러니까 눈보라가 휘날리는 추운 겨울에 태어나서 보라라고 했고, 또……."
"잠깐! 꽃보라가 흩날리는 봄에 태어났어도 보라였겠구나?"
성민이의 말에 아이들이 깔깔대고 웃었다.
"성민이 너 정말! 아무튼 그게 첫째 이유고, 둘째는 내 머리통이 단단하기가 쇠보라 같대."
"쇠보라가 뭔데?"
"무식하긴, 장작 같은 거 팰 때 쓰는 연장이야."
"응, 그랬구나. 그럼, 성이 차씨였으면 차보라! 나씨 였으면 날보라! 박씨였으면 바보라!"
명호가 신이 나서 은보라의 이름을 가지고 장난을 치자, 아이들은 그게 재미있어서 깔깔대고 웃었다.
"그래, 맞아. 하지만 어쨌든 내 이마가 쇠처럼 단단해서 박치기하기엔 아주 그만이지. 요렇게 말이야."
"아야!"
은보라가 명호에게 돌진했다 싶은 순간, 명호는 벌써 저만큼 나동그라져 있었다.
"고게 바로 은보라의 따끔한 박치기 맛이라고. 하하하!"
그러나 웃음도 잠시, 은보라는 곧 얼굴을 찌푸리며 넋두리했다.
"아, 운명의 시간이 점점 다가오는구나!"

"운명의 시간이라니?"
"이제 곧 선생님이 들어오셔서 통지표와 상장을 나눠 주실 거 아니니? 난 원래 상장에는 관심이 없지만, 성적이 뚝 떨어진 날에는 아빠한테……."
"떨어질 것 같으니?"
"물론. 내게서 하늘 높이 치솟을 수 있는 건 오로지 이것뿐이니까."
"그게 뭔데?"
성민이와 찬식이, 그리고 씩씩거리고 있던 명호도 호기심에 이끌려 은보라 곁으로 바싹 다가들었다.
"불꽃 놀이 할 때 쓰는 거 모르니? 불을 붙이면 씨익 하고 공중으로 올라가는 거."
"근사하다."
찬식이와 명호는 부러워했지만, 성민이는 선생님한테 혼나려고 그런 걸 왜 학교에 가져왔느냐며 질겁을 했다.
"이거 조금도 위험하지 않아. 그리고 집에다 두면 어른들한테 들킬 염려가 있으니까 몸에다 저장해 두는 거야."
"그럼, 네 몸이 화약고로구나? 오늘 교실에서 쏠 거니?"
"응, 성적을 봐서. 기분 내키는 대로."
"올랐을 때 쏠 거니, 떨어졌을 때 쏠 거니?"
"절대로 올랐을 리는 없을 테니까……."
그러자 성민이가 다시 걱정스럽게 말했다.

"너 그러다가 선생님한테 야단 맞는다."
"야, 내가 언제 선생님한테 칭찬 듣는 거 봤냐? 교무실 단골 손님인 내가 마지막 날 문안 인사 가지 않으면 선생님들께서도 섭섭해 하실 거야."
"선생님 오신다아!"
한 아이가 교실로 뛰어들어오며 외치는 소리에 아이들은 이야기를 멈추고 후닥닥 제자리로 가 앉았다. 교실은 순식간에 쥐 죽은 듯 조용해졌다. 이윽고 선생님이 들어오시고, 반장이 구령을 붙였다.
"차려! 경례!"
"안녕하세요!"
선생님은 생활통지표와 방학 숙제 등이 적힌 인쇄물을 교탁 위에 놓고 아이들을 둘러보았다.
"오늘은 방학식 날이다. 좋나?"
"네!"
아이들은 신이 나서 큰소리로 대답했다. 선생님은 빙그레 웃더니 다시 물었다.
"통지표도 오늘 나눠 준다. 좋나?"
"아니요오······."
아이들은 아까와는 달리 금방 풀이 죽어 작은 소리로 대답했다.
"통지표와 상장을 나눠 주기 전에, 몇 가지 전달 사항이 있다. 먼저, 다들 알다시피 내일부터는 여름 방학이 시작된다. 여름에는 특히 보건 위생에 힘써야 한다. 즉 말하자면……."

선생님은 모기에 물리지 말 것, 식중독에 걸리지 않도록 음식물에 주의할 것, 물놀이 가서 안전 사고를 예방할 것 등을 일러 준 다음 통지표를 나눠 주기 시작했다.

"그럼, 번호 순대로 나와서 통지표를 받아 가기 바란다. 1번!"

"네!"

1번을 선두로 5학년 1반 아이들은 차례로 통지표를 받아 들었다. 생각보다 성적이 좋아 안심인 아이, 우거지상을 짓는 아이 등 통지표를 펼쳐 보는 아이들의 얼굴은 가지가지였다.

맨 끝 번호까지 모두 통지표를 받고 자리에 앉자, 선생님은 우등생 표창이 있겠다고 했다. 그 말이 떨어지자마자, 성적이 뚝 떨어져 심통이 난 은보라는 불꽃 화약을 꺼내 들고 불을 붙였다.

부스스식!

펑!

화약은 교실 천장으로 치솟아 불꽃을 만들었다.

"이크, 이게 뭐냐? 불이야, 불!"

선생님은 전기가 합선이 되어 불이 난 줄 알고 '불이야!'를

외쳤고, 아이들은 어찌할 바를 몰라 갈팡질팡했다. 몇몇 아이들은 벌써 잽싸게 교실 밖으로 뛰쳐나갔다.

　순식간에 난장판이 되어버린 교실에서 은보라와 성민이, 명호, 찬식이만이 배꼽을 잡고 웃고 있었다.

　잠시 뒤의 교무실.
"은보라!"
"네."
"어째서 담임 선생님의 말씀 도중에 장난을 치는 거지?"
　은보라는 교감 선생님에게 불려 와 꾸중을 듣고 있었다. 은보라는 슬기초등학교 1학년에서 6학년까지 통틀어 가장

소문난 말썽꾸러기인지라, 이렇게 교감 선생님에게 직접 불려와 야단을 맞은 일이 한두 번이 아니다.

"대관절 무슨 목적으로 불장난을 했지?"

"불장난이 아니라 불꽃 놀이였습니다."

"아무튼 불꽃 놀이는 왜 해?"

"상장 받는 친구들을 축하해 주려고요. 또 여름 방학을 맞는 기쁨을 서로 나누기 위해서였어요."

은보라는 천연덕스럽게 변명했다.

"흠……. 그럼 보라도 상장을 받았나?"

"아직까진 한 장도 못 받았습니다."

"그 흔한…… 아, 아니, 그 귀한 상장을 한 장도 못 받았어?"

"주시지 않는 걸 어떻게 받습니까?"

"허어! 그럼 통지표는 받았겠지?"

"네."

보라는 통지표 얘기가 나오자 조금 움츠러들었다.

"이리 내놔 봐."

보라는 잠시 망설이다가 할 수 없다는 듯이 쭈뼛쭈뼛 통지표를 내밀었다.

"원, 이런! 성적이 엉망이구나. 평균 60점도 안 되니, 이건 낙제 점수가 아니냐? 학과 성적이 이 모양이면서 그렇게 장난만 쳐!"

"방학 동안에 열심히 공부해서 다음 학기엔 좋은 성적을 올리겠습니다."

"방학이 문제가 아니다. 이대론 도저히 안 되겠다. 네 방학만은 닷새 연기하겠다. 앞으로 닷새 동안 여느 날과 다름없이 등교해서 공부를 해야 한다. 보충 수업이다."

"네에? 교, 교감 선생님. 그건 곤란한데요."

"어째서?"

"내일 식구들과 함께 풀장에 가기로 했거든요. 그리고 또 그 다음 날은……."

"아, 그 점은 염려 마. 내가 직접 네 부모님께 양해를 구할 테니."

"아, 아니 뭐 그러실 필요까진 없습니다."

"그리고 마지막 날, 시험을 봐서 성적이 좋지 않으면 다시 닷새 연장이다. 알았나?"

"어휴!"

"그게 무슨 소리야?"

"알았습니다 하는 소립니다."

보라는 완전히 기가 죽어 대답했다.

"알았으면 오늘부터 당장 시작한다."

"하지만 오늘은 종업식이라 교과서를 하나도 안 가져왔는데요."

"그건 걱정할 것 없다. 학교에 있는 걸 빌려 줄 테니 가지고 가서 해라."

"네에……."

"나중에 내가 올라가 볼 테니, 딴짓하면 안 돼!"

보라는 교무실에서 나와 양호실로 갔다. 교감 선생님이 교실은 대청소를 하느라 어수선할 테니, 우선 양호실에 가서 공부하라고 한 것이다.

은보라가 양호실에 앉아 혼자 산수 공부를 하고 있자니, 똑똑 노크 소리가 들려 왔다.

"누구세요?"

"나야, 찬식이."

찬식이가 '너 여기 있었구나. 얼마나 찾아다녔다고' 하며 양호실로 성큼 들어왔다.

"웬일이니? 여태 집에 가지 않고서."

"너야말로 어찌된 일이냐?"

보라는 한숨을 내쉬며 교감 선생님의 명령을 찬식이에게 이야기해 주었다.

"야, 교감 선생님도 너무하셨다. 어쩜 그러실 수가 있냐. 공부가 아무리 중요하다 해도 방학 첫날부터, 아니 방학이 시작되기도 전부터 벌로 공부를 시키시다니."

"누가 아니래. 아무리 맛있는 고기 반찬도 벌로 먹으라면 싫은 법인데."

"그나저나 성적을 올릴 자신은 있니?"

"자신이 있을 리 있냐. 정말 큰일이야. 이렇게 닷새씩 닷새씩 연장하다 보면 여름 방학이 몽땅 지나가 버릴 텐데. 혼자니까 옆자리 애 답을 커닝할 수도 없고."

"그러니 어쩌니?"

"할 수 없지 뭐. 죽기 살기로 닷새 동안만 교과서와 씨름해 보는 수밖에. 그것보다 찬식아, 조금 있다 교감 선생님이 살펴보러 오실 거야. 그러니 너 먼저 집에 가."

"그래. 그럼 안됐지만, 이왕 이렇게 된 거 열심히 해 봐. 나 먼저 갈게."

"그래, 잘 가."

"수고해."

찬식이가 양호실에서 나가자, 보라는 아까 풀다가 만 산수 문제와 다시 씨름하기 시작했다.

우등생과 꼴찌

딩동! 딩동딩동!
"누구세요?"
"엄마, 나야."
보라의 어머니는 문을 열어 주며, 왜 이렇게 늦었냐고 핀잔부터 했다.
"학교에서 곧장 오는 길이야."
"오다가 누구랑 싸운 건 아니고?"
"싸우긴. 얼굴하고 옷을 봐요, 말짱하잖아요."
"넌 아무튼 눈앞에 있어야만 안심이니, 걱정이다."
보라의 어머니는 혀를 끌끌 찼다.
"그건 그렇고, 얼른 내놔 봐라."
"뭘?"
"통지표 말이다. 얼렁뚱땅 넘어갈 생각 말고, 어서."
"누나 건 보셨어요?"
"아니, 아직. 보연인 아직 안 왔다."
"에이, 엄마도. 순서가 있지, 누나 걸 먼저 보고 나서 내 걸

봐야죠."

"보연이야 보나마나 우등이겠지 뭐."

"그럼 나는?"

"너야 꼴찌고."

"그 정도로 생각한다면 별로 실망도 크지 않을 거예요. 적어도 꼴찌는 아니니까."

보라가 내준 통지표를 본 어머니는 기가 막히다는 얼굴이 되었다.

"아니, 원 이런! 평균이 60점도 안 되잖니. 이런 성적으론 해수욕 가긴 다 틀렸다."

"엄마, 나 아무 데도 안 가요. 내일도 다른 날과 마찬가지로 학교에 가서 열심히 공부할 테야. 교감 선생님이 직접 나만 따로 지도해 주신대요. 앞으로 며칠간 계속."

"저런! 교감 선생님께서 직접 지도해 주신단 말이냐? 이렇게 고마울 데가……."

보라가 이층으로 올라가려 하자, 어머니가 그제야 생각났다는 듯이 말했다.

"얘, 참. 난희 와 있다."

"난희가? 어딨어요?"

"누나 방에. 아까부터 와서 기다리고 있다."

보라는 이층으로 뛰어올라가 누나의 방문을 벌컥 열었다.

"어, 난희 왔구나. 웬일이냐?"

"살살 좀 다녀라. 이층 무너지겠다."

난희는 고양이를 안고 앉아 있었다. 그 고양이는 보라의 누나인 보연이가 끔찍하게 귀여워하는 애완 동물이다.

"야, 더워 죽겠는데 털 가진 짐승은 왜 껴안고 있니?"

"이쁘잖아."

"이쁘다고? 난 원수 같다. 그 눈빛깔 좀 봐. 새파래 가지고 맨날 내 비둘기만 노리고 있어."

"어머머, 얘! 이거 태국 고양이라며?"

"몰라. 태국이 고향인지, 고향이 태국인지, 고양이 고향이 태국인지, 난 그런 거 몰라."

"보연이 언니가 그러던걸? 태국산 순종이라고."

"그걸 누가 알아? 고양이한테 물어 봤나?"

보라는 고양이 머리를 툭 치면서 말했다.

"얀마, 네 고향이 태국이냐?"

야옹야옹!

"거 봐. 노우 노우 하지."

"언제 노우 노우 했니? 야옹야옹 했지."

"태국 말로는 노우 노우를 야옹야옹이라고 해."

"순 엉터리. 하지만 이 고양이가 태국 말을 하는 걸 보면 태국산 순종이 틀림없어."

"꿈보다 해몽이 좋군. 하지만 아무리 이 고양이가 태국산 순종이라도 내 비둘기만은 못해."

"난 고양이가 더 좋더라."

"아냐, 생각해 봐. 고양이는 잔인의 상징이고, 비둘기는 평화의 상징이야. 그뿐인 줄 아니? 옛날엔 비둘기가 통신의 수단이었어. 그래서 특히 전쟁 때면 큰 공을 세우곤 했지."

"아는 거 많아 좋겠네."

"음, 꽤 연구했지."

"피! 학교 공부나 더 깊이 연구하지 그랬어."

보라는 난희의 말에 찔끔해서 입을 다물더니, 곧 얼굴빛을 어둡게 하며 말했다.

"너 남의 약점을 그렇게 무자비하게 건드려도 되는 거냐? 공부 좀 잘한다고 사람 마구 무시하지 마."

"내가 언제 무시했어?"

"지금 했잖아."

"흥! 모처럼 기쁜 소식 전하러 왔더니 괜한 트집이야."

그때 방문이 열리며 보연이가 들어왔다.

"어머, 보연이 언니!"

"어, 난희 왔구나."

"누나, 지금 와?"

"응, 나 다 들었어. 너 평균 낙제했다며? 해도해도 너무한다."

보연이의 핀잔에 보라는 톡 쏘듯이 말했다.

"누나까지 왜 그래? 온 천지가 우등생만 살라는 세상인가,

뭐."

"어머, 애가 삐딱하게 왜 이래?"

"글쎄 말이에요, 언니. 아까부터 계속 저래요."

"시끄러! 난희, 난희, 못난이! 넌 좀 잠자코 있어."

보라와 난희의 관계가 점점 더 험악해지자, 보연이가 두 아이를 말렸다.

"그만들 하고, 내려가서 시원한 거라도 마시자."

"안 마실래요, 언니."

"너 삐쳤니? 그만 기분 풀어."

"그게 아니라요, 할말만 하고 빨리 집에 가야 해요."

"무슨 말인데?"

"다름이 아니라요……."

"그야 다름이 아닐 테지."

보라가 또 비아냥거리자, 보연이가 흘겨 보며 '넌 좀 가만 있어!'하고 꽥 소리를 질렀다.

"언니, 사포 알아요?"

"몇 해 전에 개장했다는 해수욕장?"

"응. 거기에 외할아버지네 별장이 있거든요. 근데 금년엔 아무도 안 간다고 우리 식구들보고 마음대로 쓰라고 했어요. 그런데 집이 너무 크니까 우리 식구만 갈 게 아니라 언니네도 함께 가자고 온 거예요."

그러자 보연이가 뭐라고 대답하기도 전에 보라가 끼어 들었다.

"허울만 좋지, 청소부들이나 데려가겠다는 거지 뭐야. 집에 먼지가 얼마나 많을까? 그걸 다 청소해야 하잖아."

"별걱정 다 하시네. 아빠가 벌써 먼저 가 계신다고. 그리고 별장지기가 있으니까 별장은 깨끗하다고."

난희의 말에 보라는 아직도 심통이 풀리지 않아 다시 이죽거렸다.

"화가 선생님은 팔자도 좋으시지. 곰방대에 담배나 피워 물고 여행이나 다니셔도 돈벌이가 되니 말이야."

"남의 아빠까지 끌어들여 심술을 부릴 필요는 없잖아. 가기 싫으면 그만두면 될 일이지. 흥, 괜히 난리야."

"안 가. 그깐 데 누가 간대?"

보라가 계속 삐딱하게 나가자 보연이가 보다못해 말했다.

"보라야, 너 왜 그러니? 기회가 좋은데."

"우등생 누나나 가. 난 공부나 할 작정이야. 매일 아침 학교 가서 모자라는 점수나 보충해야겠어."

"제법인데? 하지만 아무리 그래도 방학 땐 좀 쉬는 것이 좋잖니?"

"싫어. 우등생끼리만 가라고. 난 축에도 끼지 못하고 구박만 받을 텐데 뭐하러 가?"

"무리하지 않는 게 좋을걸? 나중에 후회해도 난 모른다."

"누가 누나한테 알아달랬어? 애초에 기권하겠다는데, 왜 그래?"

보라가 계속 고집을 피우자, 난희가 샐쭉해져서 말했다.

"언니, 더 말할 거 없어요. 원한다면 보라의 친구들까지 같이 가도 되지만, 싫다는 데야 할 수 없지요, 뭐. 우리끼리만 가요."

"어? 그랬어?"

보라는 그 말에 잠시 망설이는 듯했지만, 곧 마음을 굳혔다.

"그래도 난 안 가."

"흥! 오라지도 않을 거야."

그때 아래층에서 어머니 목소리가 울려 퍼졌다.

"보라야, 전화 왔다!"

보라는 층계를 쿵쾅쿵쾅 뛰어내려가 수화기를 들었다.

"여보세요."

"나 찬식이야. 집에 와서 곰곰 생각해 보니까 아무래도 네가 불쌍해서 전화 건 거야."

"야, 뜻은 고맙지만 내가 보기엔 불쌍한 건 오히려 너다."

"내가 왜?"

수화기에서 찬식이의 어리둥절한 목소리가 흘러 나왔다.

"말해 줄까? 너 사포 알지? 네가 거기 갈 수 있는 기회를 나 때문에 놓쳤거든."

"무슨 소리야? 자세히 말해 봐."

"너 1학년 때 내 짝꿍이었던 금난희 알지?"

"알아. 사생 대회에 잘 뽑히는 말괄량이."

"그 애네 외가에서 사포에 별장을 갖고 있는데, 거기에 너랑 나랑 초대를 받았어. 근데 나 때문에 너마저 못 가게 됐지 뭐냐."

"그야 가면 되지 뭐."

"너 혼자?"

"아니, 너랑 같이."

"누구 약올리는 거야? 너도 알다시피 난 교감 선생님한테 걸려서……."

보라는 소리를 버럭 지르다가 집안 식구들 들을까 무서워 뒷말을 얼버무렸다.

"그래서 전화 건 건데, 내가 좋은 방법을 생각해 냈어."

"좋은 방법?"

"네 비둘기를 이용하는 거야. 그러니까, 네가 시험 문제를 얼른 베껴서 몰래 가지고 간 비둘기 발목에 묶어서 날려 보내면 그걸 내가 받는 거야. 그러고는 모르스 부호를 써서 무선으로 송신하는 거야."

"얀마, 무선 전신기가 어딨냐?"

"그런 건 없어도 돼. 교실에 연결된 보일러 파이프 있잖아. 그걸 전신기 삼아 똑똑 두드리면 되지, 뭐."

"너 모르스 부호 아니?"

"이제부터 배우면 되지."

"어휴, 앓느니 죽지. 어느 세월에 그 짓을 하고 앉았냐? 내 걱정 고만해. 닷새 동안 열심히 해서 실력대로 시험을 볼 테니까. 하지만 비둘기 전신은 재미있을 거 같으니까, 우리 한번 실험해 보자."

"좋았어."

그때, 보라 어머니가 전화 빨리 끊고 밥 먹으러 오라고 불렀다.

"야, 전화 끊자. 우리 저녁 먹어야 돼."

"그래, 그럼 내일 보자."

보라는 전화를 끊고 식당으로 갔다. 식당에는 이미 아버지, 어머니, 보연이가 식탁 앞에 앉아 보라가 오기만을 기다리고 있었다. 난희는 집에 갔는지 보이지 않았다.

"보연이는 역시 우등이라며? 수고 많이 했다. 제자리를 지키는 게 얼마나 어려운 일인지 모른다."

아버지가 보연이를 칭찬한 뒤, '너는?'하듯이 보라를 쳐다보았다.

"저야 뭐 낙제죠. 그렇지만 저도 제자리를 지킨 셈은 돼요."

"아이구, 제자리나 지켰으면 좋게? 성적이 뚝 떨어져 놓고 큰소리는!"

어머니의 꾸지람을 아버지가 가로막아 주었다.

"여보, 너무 나무라지 말아요. 아직 철이 덜 들어서 그러는 거니까."

"내후년이면 벌써 중학생이에요. 여태껏 철이 안들었으면 언제 들게요."

"이제 곧 철이 들 거요. 무슨 계기가 있어야 깨닫게 되는 거니까. 보라야, 넓이뛰기를 할 때 멀리 뛰려면 일부러 뒤로 물러섰다가 앞으로 힘차게 달려나가는 법이다. 주먹도 마찬가지야. 뒤로 움츠렸던 주먹이라야 앞으로 냅다 지를 때 힘이 더해지는 것이지. 그러니 너무 실망하지 말고 힘을 내라."

"실망은 벌써 했는걸요. 그것도 자기 혼자뿐 아니라 저 한테도 실망을 줬어요."

"누나, 너무 잘난 척하지 마. 혼자서 가면 되잖아!"

보연이와 보라의 말에 아버지가 그게 무슨 소리냐고 물었다. 보연이가 얼른 대답했다.

"금화백 아저씨 댁에서 우리를 사포 해수욕장에 초대하셨거든요. 근데 보라가 보충 수업을 받아야 된다면서 안 가겠다고 고집을 부리는 거예요."

"내가 가고 싶지 않으면 안가는 거지 뭘 그래? 누나 혼자 가랬잖아."

"나 혼자 어떻게 가니? 그러지 말고 가자. 시원한 바닷가에서 내가 공부 지도도 해줄게."

"웃기지 마. 누나가 뭘 안다고 큰소리야? 난 교감 선생님한테 특별 수업을 받기로 했다고."

그러더니 보라는 무슨 생각을 했는지, 저 혼자 한 번 씩 웃고 다시 말했다.

"하지만 내가 내는 문제를 알아맞히면 한 번 고려해 볼게. 어때?"

"좋아, 무슨 문젠지 내 봐."

"누나, 누나는 음식을 먹을 때 윗니로 씹어, 아랫니로 씹어?"

"그야 뭐 위아래 합동으로 씹지."

보연이가 그까짓 걸 문제라고 냈냐며 한심한 듯 쳐다보았지만, 보라는 상관하지 않고 계속 물었다.

"그럼 위턱을 움직여, 아래턱을 움직여?"

"얘는! 위아래를 같이 움직여야지."

보연이가 자신 있게 대답하자, 보라는 아버지와 어머니에게도 물어 보았다. 아버지 어머니 역시 보연이와 같은 대답을 했다. 그러자 보라는 갑자기 아나운서 흉내를 내며 말했다.

"네, 아깝습니다. 세 분 다 맞히지 못하셨군요."

"말도 안 돼. 왜 틀렸다는 거야? 그럼 정답이 뭐니?"

"누나, 정답이나마나 실험을 해보면 될 거 아냐. 위턱까지 움직이면서 씹는 광경, 어디 한번 보고 싶다."

보라의 말이 떨어지자마자 아버지, 어머니, 보연이 할 것

없이 재빨리 실험을 해보았다.

"어머…… 어머……. 정말!"

"아이구, 정말 그렇구나."

"호호호! 우스워라."

모두 저마다 새삼스레 감탄을 했다.

"그렇지요? 아래턱만 움직이지요? 아주 간단한 이치예요. 누나, 누나 학교엔 골격 표본도 없어? 누나가 만일 해수욕장에 갔다가 물에 빠져서 죽었다고 해봐. 그래서 해골이 되면……."

"얘, 재수 없는 소리 마."

"아무튼, 그 실력 가지고 나를 가르쳐? 번데기 앞에서 주름 잡지 마."

보연이는 보라를 흘겨 보더니, 당하고 있을 수만은 없다는 듯 반격을 했다.

"그럼, 이번엔 내가 문제 낼 테니까 맞혀 봐."

"얼마든지 내 봐. 맞혀 줄 테니."

"너 캥거루 알지?"

"알고말고. 앞다리는 짧고 뒷다리는 길어서 잘 뛰는 오스트레일리아 짐승 아냐."

"그래. 그런데 엄마 캥거루 배에 왜 커다란 주머니가 달려 있는지 아니?"

"에이, 시시해. 그걸 누가 몰라? 새끼를 넣어서 기르기 위해서지, 뭐."

"그럼 아기 캥거루 배에는 왜 주머니가 달려 있어? 말해 봐."

"음……. 그건……. 그건 말이야……."

보라가 대답을 못하고 우물쭈물하자 보연이가,

"그건 뭐야? 호호호! 말해 봐. 왜 대답을 못 해!"

하고 약을 올렸다.

"가만 있어 봐, 대답할 테니까. 아기 캥거루 배에 주머니라. 그건…… 과자를 담아 두고 먹기 위해서야. 자, 어때?"

"뭐라고?"

보연이의 눈이 휘둥그레지고, 아버지 어머니는 보라의 재치 있는 대답에 웃음을 터뜨렸다.

"에이, 이 엉터리! 호호호!"

보연이도 곧 목소리를 높여 경쾌하게 따라 웃었다.

수위 아저씨의 허풍

보라는 여느 때와 마찬가지로 '학교 다녀오겠습니다' 하고 인사를 한 뒤 집을 나섰다. 등교하는 아이들로 복작거리던 거리는 방학인지라 조용하기만 했다. 오늘 학교에 가는 아이는 단 한 명, 보라뿐이다.

"안녕하세요, 아저씨?"

보라는 수위실에 앉아 있는 수위 아저씨한테 꾸벅 인사했다.

"아니, 네가 웬일이냐? 방학인데 학교엘 다 오고."

"아저씨가 절 아세요?"

"이 녀석, 난 이 학교 일은 시시콜콜 다 알고 있어. 수위장이 되고도 십 년이 넘었는데, 5학년 사고뭉치 은보라쯤을 모르겠냐. 그런데 왜 나타났어? 무슨 일을 또 저지르려고?"

수위 아저씨는 걱정스러운 눈으로 보라를 훑어보았다.

"하하하! 걱정 마세요. 교감 선생님을 뵈려고 왔으니까요."

"그래? 교감 선생님께선 아직 출근 안하셨다. 여기 앉아서 기다리렴."

보라는 수위실 안으로 들어갔다. 수위 아저씨는 선풍기를 보라 있는 쪽으로 돌려 놓으며 '선풍기를 틀까?'하고 물었지만, 보라는 아직은 그리 덥지 않으니 괜찮다고 했다.

"아저씬 정말 체격이 좋으세요."

"체격이 안 좋으면 어디 수위장이 되나. 사복으로 갈아입고 퇴근을 할 때면 모두들 나를 교장 선생님으로 잘못 볼 정도지."

"그럴 거예요. 옛날에 무슨 운동 하셨어요?"

"학생 땐 힘 세기가 〈삼국지〉에 나오는 여포 같았지. 이 알통 좀 봐라. 이제는 나이가 들어 다 틀렸지만, 그래도 아직 유도가 초단 실력은 될걸? 한창 때는 2단이었으니까."

"우와! 대단하네요."

"놀라운 얘기 한 가지 해줄까? 옛날 어느 무더운 여름철인데, 거리에 나갔다가 웬 젊은 녀석을 만났어. 근데 그게 소매치기였단 말이야."

"소매치기요? 그래서요?"

"그 녀석이 무조건 돌진해 오더니 나하고 충돌을 하지 않겠냐? 내 체격이 하도 당당하니까 큰 부잣 줄 알았던 모양이야. 그 녀석들은 부딪치는 게 수단이거든."

"그래서 아저씬 돈을 잃어 버렸겠군요?"

"말도 안 되지. 내가 누군데? 충돌하는 순간 내가 배에다 '끙!'하고 힘을 주니까 그 녀석이 저만큼 나가떨어지지 않겠냐."

"하하하! 통쾌하셨겠네요."

"그런데 말이다. 한 가지 곤란한 일이 생긴 거야."

"뭔데요? 패거리들이 한꺼번에 몰려 왔나요?"

"그게 뭐 곤란한 일이냐. 그게 아니라, 문득 내 호주머니를 뒤져 보니깐 어럽쇼? 훌륭한 악어 지갑이 들어 있는 게 아니겠냐? 그것도 현금이 십만 원씩이나 들어 있는 지갑이 말이다. 얼간이 같은 소매치기가 훔치려다가 도리어 기부를 하고 도망간 거란 말이다. 하하하!"

"졸지에 횡재하셨군요. 그래서 그 십만 원을 어디에다 쓰셨어요?"

"쓰다니? 주인을 찾아서 돌려줬지. 사람의 인연이란 참 이상한 거더군. 지갑을 열어 보니까 명함이 한 장 들어 있지 뭐냐. 그 명함이 누구 것이었는 줄 아냐?"

"글쎄요."

"놀라지 마라. 바로, 지금 재단 이사장 아버님이신 이 학교 설립자의 명함이었다. 희한한 인연이지?"

"정말 그렇네요!"

"그 어른을 만나 뵀더니, 내 사정을 들으시고는 이 학교의 사환으로 채용을 해주신 거다. 그게 이 학교와 맺어진 인연이지."

"겨우 사환으로요?"

"그때는 사환이었지만 지금은 출세를 해서 수위장이야. 너, 우리 학교 교직원 중에 '장'자 붙은 이가 몇인 줄 아니?"
"이사장."
"옳거니!"
"교장."
"그 다음 세 번째는?"
"글쎄요. 동창회장?"
"그건 교직원이 아니구. 또?"
"반장, 부반장."
"어림도 없다. 교직원이래도."
"생각 안 나요."

보라가 기권을 하자, 수위 아저씨는 가슴을 쫙 펴며 자랑스럽게 말했다.

"바로 눈앞에 두고도 모르겠니? 나야, 나. 수위장. '장'자로만 따지면, 이 학교에서 세 번째 벼슬자리가 수위장이다."
"하하하! 참 그렇군요. 하지만 아저씨도 공부만 열심히 했다면 교장 선생님이 될 수도 있었잖아요."
"그건 그래. 하지만 난 공부가 질색이었거든. 특히 산수는 늘 원만했지."
"원만하다니요?"
"답안지에 노상 원이 가득 차 있었거든. 빵점 몰라?"
"하하하! 정말로 원만했군요."

"그럼. 도시 계획이 잘 되어 있어서 공간이 시원하게 확 트여 있었지. 내가 산수를 싫어한 건 말도 못했어. 나는 지금도 예순 아홉 다음이 일흔인지 여든인지 한참을 생각하고 나서야 겨우 아는걸. 하지만 요즘 세상은 전자 계산기 덕분에 아주 편해졌지."

"그 대신 옛날엔 주판이 있었잖아요."

"그야 그랬지. 주산도 수업 시간에 배웠지만, 나는 한쪽 발에 하나씩 갈라 신고는 롤러 스케이트처럼 복도를 누비고 다녔지. 그래서 주산 점수도 원만했어."

"그럼, 뭘 계산하실 땐 어떻게 했어요?"

"내 나름대로의 계산기가 몸에 달려 있었지."

"머리 말씀이군요."

"아니 머리하고는 아주 반대쪽, 발가락."

"발가락이오? 그걸로 어떻게 계산을?"

"십 단위까지는 열 손가락으로 하고 그걸 넘어설 때는 발가락을 동원해서 스물까지 하지. 그 다음부터는 아예 단념을 하는 거야."

"저도 산수는 정말 질색이에요."

보라의 말에 지금까지 웃음 띤 얼굴로 얘기하던 수위 아저씨가 정색을 하고 말했다.

"보라야, 너는 장차 교장이 될래, 수위장이 될래?"

"둘 다 하고 싶지는 않지만, 그래도 교장이 낫겠지요."

"그렇다면 열심히 공부해야 한다. 특히 산수 공부는 이만저만 중요한 게 아니야. 내 꼴이 안 되려면 말이다."
"아저씨 꼴이 어때서요? 학교에서 세 번째로 높은 벼슬인데."
"말 마라. 옛날엔 시간마다 내가 땡땡땡 종을 쳐야 했는데, 꼭 열다섯 번을 쳐야 했지. 그러니 손가락으로 열까지 세다가 그 다음엔 신발 속에서 발가락을 꼼지락 꼼지락해서 다섯 번을 더 셌지 뭐냐. 아무리 세 번째 벼슬이라지만, 그래가지고는 채신머리가 없어서……."
"그럼 아저씨. 지갑에 든 돈이 십만 원이어서 참 다행이었겠네요. 발가락 이용 안해도 됐으니까."
"그래, 그랬지."
"이사장님께 지갑을 갖다 드렸더니, 뭐라고 하세요?"
"사례라고 하시면서, 만 원을 주시더구나."
"받았어요?"
"그럼 어떡하냐. 계속 사양을 했지만 억지로 주시는 걸."
"그 돈 어디다 쓰셨어요?"
"이래봬도, 난 효자였어. 어머니 생각이 얼른 나더구나. 어머니가 무슨 음식을 좋아하시는지 곰곰 생각해 봤지."
"그래서 뭘 사다 드리셨어요?"
"그때 만 원은 제법 큰 돈이었어. 이것저것 생각하다가, 어머니께서 치아가 좋지 않으신 걸 생각하고 연시를 잔뜩 사서 품에 안고 집으로 돌아갔지."

"왜 하필 연시였지요?"

"난 수학은 질색이었지만 국어는 좋아했거든."

"어, 그것도 저랑 똑같네요. 어쩜 저도 수위가 될 팔자인가 봐요."

"예끼, 이 녀석! 어쨌든 얼른 생각이 난 게 이런 시조였어."

"어떤 시조인데요? 읊어 보세요."

수위 아저씨는 '흠, 흠'하고 목소리를 가다듬더니 구성진 가락에 맞춰 시조를 읊기 시작했다.

"반중 조홍감이 고와도 보이나다

유자 아니라도 품음직하다마는

품어 가 반길 이 없으니 글로 설워하나이다."

"그게 무슨 뜻이에요?"

"내가 해석을 할 테니 잘 들어라. 반중은 '소반 위에 놓인'이고, 조홍감은 '붉은 감'을 말한다. 그러니까 첫 연은, 소반 위에 놓인 붉은 감이 매우 곱게도 보입니다, 그런 뜻이지. 그리고 둘째 연은, 유자가 아니라 할지라도 몸에 품고 돌아갈 만도 합니다마는, 그런 뜻이고……."

"그런데 아저씨, 유자가 뭔가요?"

"응? 인석이 유자도 몰라? 귤과 비슷한데 귤보다 작고 향기가 짙은 과일 있잖냐."

"아, 그 유자 말이군요. 그럼, 셋째 연은요?"

 "셋째 연은, 아무리 소중히 품고 돌아가도 보시고서 반가워해 주실 분이 아니 계시기에, 그런 까닭으로 서럽게 여기나이다. 그런 뜻이다."
 "그런데 아저씨는 반겨 줄 어머니가 계셨기에 연시를 사가셨다 그 말씀이군요."
 "그래, 그랬지."
 "어머니께서 무척 좋아하셨겠군요."
 "아니야, 그렇게 안 됐어. 아마 공짜로 생긴 건 제구실을 못하는 건가 봐."
 "왜요? 무슨 일이 있었나요?"
 "계산기가……, 아니 내 발가락이 돌부리를 걷어차면서 앞으로 고꾸라졌지 뭐냐. 그 바람에 감이 터지면서 내 배가 온통 연시투성이가 되었지. 그놈의 감이 입으로 들어가기 전에 배꼽으로 직접 들어갈 작정이었나봐."

"하하하!"

보라는 한참을 실컷 웃고 나더니, 뭐가 이상한지 고개를 갸우뚱하고 생각에 잠겼다.

"아저씨, 그때가 무더운 여름철이라고 그러셨죠?"

"그래, 내가 여름옷을 입고 있었으니까."

"한여름에도 연시가 있어요?"

"으잉! 아, 아니……. 어쩌면 그때가 가을이었는지도 몰라."

"가을에 여름옷을 입고 계셨어요?"

"그, 글쎄……."

수위 아저씨는 어떻게 말해야 좋을지 몰라 안절부절했다.

"지금 그 얘기, 거짓말이죠?"

"응? 뭐, 그게 아니라……."

말을 얼버무리던 수위 아저씨는 갑자기 화들짝 반가워하더니,

"저기 교감 선생님이 오시는구나."

하며 자세를 바로하고 후닥닥 수위실 밖으로 나갔다.

"이제 오십니까?"

"아이구, 수고가 많으십니다."

보라도 수위 아저씨를 뒤따라 나와 교감 선생님께 목례를

했다.

"안녕하세요, 교감 선생님?"

"음, 보라도 일찍 나왔구나. 그럼 우리 같이 들어가 공부를 시작해 볼까?"

보라는 교감 선생님과 함께 교실로 들어갔다.

생사를 함께 하는 위문단

보라는 교실에 혼자 앉아 책을 읽고 있었다. 교감 선생님은 보라에게 공부할 범위를 정해 주고, 한 시간쯤 뒤에 와 볼 테니 모르는 게 있으면 그때 물어 보라고 하고는 교무실로 갔다.

"에이나르는 겨우 찾은 소와 염소들이 제멋대로 돌아다니는 것도 아랑곳없이 언덕에 주저앉고 말았다……."

점점 작아지던 목소리가 복도에서 인기척이 나자 갑자기 커졌다.

"……염소 이쁜이는 배낭에 든 빵을 달라는 듯이 서서 에이나르의 배낭을 바라보고 있었다……."

그때 문이 살그머니 열리며 찬식이가 들어왔다.

"야, 보라야!"

"어, 깜짝이야! 찬식이 너 웬일이니?"

"위문단을 조직해서 왔지. 널 위로하고 격려하려고."

"위문단? 누구누군데?"

"철수하고 명호. 지금 복도에서 보초 서고 있어. 난 탐색하러 온 선발대야."

"와 준 건 고맙지만, 예고를 하고 와야지. 깜짝 놀랐잖아."

"야, 척후병이 예고하고 다니는 거 봤니? 포로가 되라고."

"하하하! 암튼 잘 왔어. 다들 들어오라고 해."

찬식이는 복도로 고개를 내밀고 가만가만 아이들을 불렀다.

"명호야, 철수야. 들어와."

교실로 들어온 명호와 철수는 들고 온 봉투 속에서 먹을 것을 꺼내 놓았다.

"이거, 위문품이다. 너 더울 것 같아서 아이스크림하고 빵하고 사이다 사왔어."

"야, 나 정말 너희들 우정에 감격했다. 그렇잖아도 배가 고파서 죽을 뻔했어."

"도시락을 먹지 그랬어? 너희 집에 전화했더니 점심을 싸 가지고 갔다고 그러시던데."

"말도 마. 아무리 배가 고파도 그렇지, 내가 불가사리냐 쇠붙이를 먹게."

"그게 무슨 말이야?"

찬식이, 명호, 철수는 두 눈이 휘둥그레져서 보라를 빤히 쳐다보았다.

"내 기가 차서. 글쎄, 도시락 뚜껑을 열어 보니까 바늘하고 면도날, 가위 같은 게 들어 있는 거야."

생사를 함께 하는 위문단 41

"아니, 도시락을 누가 쌌는데?"

"싸기야 바로 쌌지. 근데 얼떨결에 내가 잘못 가지고 나온 거야. 정말 어이없게도 누나의 바느질 상자를 갖고 나온 거 있지."

아이들은 서로 얼굴을 마주 보고 한바탕 웃고 난 다음, 보라에게 시장할 텐데 어서 먹으라고 빵과 사이다 등을 권했다. 아이스크림은 벌써 많이 녹아 있었다.

"야, 아이스크림부터 해치워야겠다."

보라는 아이스크림을 눈 깜짝할 사이에 먹어 치우더니 빵을 입 안 가득 베어 물었다.

"저건 뭐야?"

철수가 빵을 먹다 말고 보라 옆에 놓인 바구니를 가리키며 물었다.

"비둘기. 찬식이하고 약속했거든. 만일의 경우, 에스 오 에스(SOS)를 보내기로. 말하자면 통신용이야."

"그럼, 우리가 위문품을 안 가져왔으면 잡아먹힐 뻔했구나?"

아이들은 빵을 베어 문 입으로 크게 웃었다.

"에헴!"

복도에서 교감 선생님의 헛기침 소리가 들려 왔다.

"오신다! 다들 책상 아래로 숨어."

찬식이의 말이 떨어지자마자, 명호와 철수는 잽싸게 책상

밑으로 기어들어갔다. 보라는 입에 빵을 문 채 책을 읽기 시작했다.

그는 갑자기 눈앞이 캄캄해지며 몸이 굳어지는 것같이 느껴졌다…….

"음, 열심히 하고 있구나."

그러나 교감 선생님은 곧 보라의 얼굴을 뚫어지게 쳐다보며 물었다.

"너, 입 안의 그게 뭐냐?"

"빵입니다. 점심 식사를 하고 있었습니다. 교감 선생님도 좀 드시지요."

교감 선생님은 얼굴을 찌푸리며 고개를 저었다.

"한편으론 먹고 한편으론 교과서를 읽는 건 좋지 않다. 공부하는 법이 틀렸어. 음? 저건 뭐냐? 책상 아래서 꿈틀거리는 게."

교감 선생님이 드디어 책상 아래에 숨은 아이들을 발견한 것이다.

"저……, 위문단입니다."

"위문단이라니?"

교감 선생님이 의아해 하자, 보라는 할 수 없다는 듯이 친구들을 불렀다.

"애들아, 나와라."

찬식이, 명호, 철수는 책상 아래에서 기어 나와 벌떡 일어

나더니,

"교감 선생님께 경례!"

하는 보라의 구령에 따라 거수 경례를 했다.

그 순간, 명호가 아까 책상 아래 숨을 때부터 잡고 있던 비둘기가 푸드득 날아올랐다.

"저건 또 뭐냐?"

갑작스럽게 날아오른 비둘기에 교감 선생님은 몹시 놀라서 소리쳤다.

"저놈 잡아라! 찬식아, 그쪽이다."

"잡아, 잡아! 놓치지 마!"

"애들아, 그만둬. 비둘기 놀래. 가만 둬도 저절로 날아가서 집으로 간단 말이야."

보라는 비둘기가 다칠까봐 안절부절못하고, 교감 선생님은 느닷없는 소동에 어찌할 바를 몰라 엉거주춤 서서 지켜볼 뿐이었다.

"창가로 몰아, 창가로."

비둘기는 한동안 갈 곳을 몰라 갈팡질팡하더니, 조금 뒤 창문을 통해 밖으로 날아갔다. 보라는 비로소 안심했다는 듯이 안도의 숨을 내쉬고, 아이들은 날아가 버린 비둘기를 아쉬운 눈으로 멀건히 쳐다보았다.

"비둘기 주인이 누구냐?"

"접니다."

"그런 걸 학교에 가져오면 돼?"

"저는 등교할 때가 아니면 언제 어디에나 비둘기를 갖고 다닙니다, 교감 선생님."

"너는 지금 등교 중이야. 여기는 학교고."

"그, 그렇지만 지금은 방학이 아닙니까?"

보라의 재치 있는 답변에 더 이상 할 말이 없어진 교감 선생님은,

"흠……, 비둘기를 놓아 준 건 명호였지?"

하고 명호에게 화살을 돌렸다.

"놓아 준 게 아니라 놓쳤습니다."

"기운이 그렇게도 없나? 비둘기를 당해 내지 못하다니!"

"당해 내지 못해서가 아니라 갑자기 거수경례를 하는 바람에 비둘기가 달아난 겁니다."

"아무튼 너희들의 우정은 갸륵하다. 처벌…… 아니, 보충 수업을 받고 있는 친구를 동정해서 모처럼의 귀하고 아까운 방학 시간을 쪼개서 불우 이웃 돕기에 아, 아니지. 기합을 받는……, 그것도 아니고…… 보충 수업을 받는 급우를 위로하고 격려하기 위해 찾아보는 일은 실로 모범적이다."

교감 선생님의 장황한 칭찬에 찬식이, 명호, 철수는 우쭐해졌다.

"그런데 이왕 그렇게 하기로 결심한 바에야 끝까지 생사를 같이……, 뭐 생사라고 할 것까지야 없지만 운명 ……이라기

생사를 함께 하는 위문단 45

보다 행동을 같이하는 게 좋겠다. 그러므로 내일 아침부터는 너희들 세 명도 이 교실에서 단체 기합…… 아니, 단체 보충 수업을 받기로 한다. 이상! 그럼……."

교감 선생님은 말을 마치자마자 세 아이들에게 뭐라고 변명할 기회도 주지 않고 '어!' 하는 사이에 교실 밖으로 나가 버렸다.

"난 내일 형들하고 캠프 떠나기로 했는데……."

명호가 시무룩해져서 중얼거렸다.

"미안하다. 너희들한테 괜히."

"보라야, 네가 미안해 할 건 없어."

"새 잡으러 왔다가 호랑이 만난 격이라고, 한여름에 특별 기합을 받게 생겼으니 큰 고민이다."

철수도 완전히 풀이 죽어 있었다. 그러나 찬식이만은 희망을 잃지 않고 아이들에게 기운을 북돋아 주었다.

"하지만 이건 우리만 받는 기합이 아니야. 오히려 골치 아픈 쪽은 교감 선생님이지. 생각해 봐. 교감 선생님도 가족들과 함께 바캉스라도 가거나 오랜만에 집에서 푹 쉬고 싶으실 텐데, 우리 때문에 매일 학교에 나오셔야 하잖아. 숙직도 일직도 아니시면서. 내 짐작 같아선 내일 안으로 무슨 특별 조치가 내리고야 말 거야. 내 말이 맞나 안 맞나 두고 봐."

"그렇게만 된다면야 오죽 좋겠냐."

"휘유!"

철수와 명호는 그래도 기운을 되찾으려 하지 않았다.
"자, 힘내자, 힘내! 내가 다 책임질 테니까. 우리 다 같이 화이팅!"
보라의 화이팅 소리에 아이들은 짝짝 박수를 치며 '화이팅!'하고 입을 모아 외쳤다.

솔직히 공부하기 싫지?

"안녕하세요!"

보라, 찬식이, 명호, 철수가 밝은 목소리로 수위 아저씨에게 인사했다.

"좋은 아침! 어제는 은보라 혼자 오더니 오늘은 단체로 나타나는구나."

"아저씨가 보고 싶어서요."

찬식이가 시치미를 뚝 떼고 듣기 좋은 말을 했다.

"하하! 거짓말인 줄 뻔히 알면서도 귓맛이 과히 언짢지는 않구나."

"왜 거짓말이겠어요. 우린 거짓말 아닌 것 해 본 적 없고, 정말 아닌 건 안 해 본 적이 없어요."

보라가 너스레를 떨었다.

"가만 있자, 거짓말이 아닌 거라면 정말……, 정말은 해본 적이 없다고? 예끼, 이 몹쓸 것들!"

"하하하! 아저씨, 교감 선생님 아직 안 나오셨지요?"

"천만에. 벌써벌써 나오셨다. 어제는 느지막이 나오시더니 오늘은 새벽부터 오셔서 보라를 기다리는 눈치시더라."

"웬일이실까요?"

"그걸 내가 어찌 알겠냐. 근데 어쩐 까닭인지 등산복 차림으로 오셨다."

교감 선생님이 등산복 차림으로 나오셨다는 말에 찬식이는 그것 보라는 듯이,

"교감 선생님이 우리 때문에 이만저만 고민이 아니실 거야. 이제 와서 그만두잘 수도 없고, 계속하자니 스케줄에 지장이 많으실 테고. 그래서 오늘은 체면상 잠깐 들르셨다가 직접 산으로 가시려는 게 분명해."

하고 우쭐댔다.

"어쩌면 적당한 명분을 세워서 오늘로 끝을 낼지도 모르겠구나. 아니, 분명히 그럴 거야."

철수의 추측에 명호도 신이 나서 맞장구 쳤다.

"그럼, 우리도 해방이 되는 거구나. 그렇지, 보라야?"

"너희는 별책 부록이니까 떼어 버려도 그만이지만 난 그렇지 않아. 닷새 동안 보충 수업을 한 뒤에 시험을 보고 성적이 안 좋으면 다시 연장, 또 시험, 또 연장……. 이렇게 해서 방학이 다 가는 거야."

"그렇지 않아, 보라야. 너를 붙잡아 두려면 교감 선생님도 붙잡히는 격이 되니까 꼭 풀어 주실 거야."

하지만 보라는 무슨 꿍꿍이속인지,

"풀어 주신대도 난 끝내 안 풀 작정이야. 닷새, 닷새, 적어도 열흘은 물고 늘어질 생각이야."

하고 버텼다.

"교감 선생님이 큰 떼를 만나신 셈이군. 그러지 말고 용서해 드려."

명호는 그러다가 자기까지 계속 보충 수업을 받게 되는 건 아닌가 걱정스러워서 보라를 달랬다.

"그렇지만 따지고 보면 그건 우리의 희망적인 짐작일 뿐이야. 떡 줄 사람은 꿈도 안 꾸는데 김칫국부터 마시지 말자."

보라, 찬식이, 명호, 철수가 교실에 들어가자, 교감 선생님은 초조한 걸음걸이로 바장이며 아이들을 기다리고 있었다.

"안녕하세요!"

"어? 너희들 이제 오는구나."

교감 선생님은 몹시 반갑게 맞아들였다. 아이들은 자리에 앉아 책과 공책들을 책상에 펼쳐 놓았다.

"애들아. 너희들 공부를 하고프냐, 쉬고 싶으냐?"

교감 선생님 물음에 찬식이가 씩씩하게 대답했다.

"공부하고 싶습니다!"

교감 선생님은 뜻밖의 대답에 당황한 듯 말을 더듬거리며 다시 물었다.

"그, 그래? 음⋯⋯. 그러나 사람은 정직해야 해. 솔직히 말하면 모처럼의 방학을 실컷 즐기고 싶겠지?"

그러자, 이번에는 철수가 능청을 떨었다.

"그렇지 않습니다. 공부가 하고 싶어서 몸살이 날 지경입니다."

교감 선생님은 더욱 애가 타서 물었다.

"그 정신은 좋아. 그게 바로 학생의 본분이지. 하지만 약간은 놀고 싶은 마음이 있지? 그게 없다면 거짓말이 된다. 정직은 인간이 지녀야 할 최고의 미덕이다. 은보라, 그렇지 않나?"

"그렇습니다."

"그러면 묻겠는데, 보충수업이 지겹고 짐이 되지? 솔직히 말해 봐."

"처음엔 그랬지만, 이제는 아예 단념하고 나니까 담담합니다."

"허어, 그거 참."

교감 선생님은 더욱 난감한 표정이 되어,

"너희들이 얼마나 정직하게 대답해 주었는지는 모르겠지만……."

그러자 보라가 얼른 대꾸했다.

"저희는 정말정말 정직하게 말씀드린 겁니다. 공부하고 싶다고요."

"그래, 그렇다고 치자. 지금으로선 확인할 방법이 없으니까. 아무튼 오늘은 다들 돌아가라. 그대신 내일 아침 일찍 각각

빨간 연필 한 자루씩 마련해 가지고 이 교실에 모여야 한다. 매직, 사인펜, 무엇이라도 상관 없다. 빨간색이면 돼. 알았지?"

"네."

"그럼, 오늘은 이만."

교감 선생님이 나가 버리자, 아이들은 어리둥절한 얼굴로 서로를 한 번씩 쳐다보았다.

"아무래도 예감이 이상한걸?"

"빨간 연필은 왜 가져오라는 것일까?"

"모르겠어. 벌을 주시려는 것 같은데, 그게 뭔지는 내일이 되어 봐야 알지."

"얘들아, 내일 일은 내일 일이고 오늘은 풀장이나 가자."

"그것 좋지!"

보라의 제안에, 아이들은 우르르 몰려 나갔다. 다음 날 아침.

"보라야, 너처럼 무심한 아이는 처음 본다."

보라 어머니가 학교에 가려는 보라를 붙잡고 책망을 했다.

"뭐가 무심해요?"

"하룻밤을 지나고도 집안 식구가 없는 걸 모르니 하는 말이다."

"에이, 모르긴 내가 왜 몰라요. 갑자기 조용해졌는데. 밥만 축내고 아무에게나 심술이나 부리는 게 사라졌는데도 아무리 내가 모를까봐요."

어머니는 엄한 얼굴이 되어서 보라를 쏘아보았다.

"아니, 너 말이면 다 하니. 그게 무슨 소리냐!"

"그럼, 내 말이 틀렸어요? 눈알이 새파래 가지고 기회만 있으면 할퀴고 물어뜯고 내 비둘기를 노리고 야옹야옹하는걸."

"너 아버지한테 여쭤서 혼 좀 내줘야겠다. 세상에 형제라고는 단 둘이면서, 누나한테 그래야 옳으냐? 아이구, 세상에 원 기가 막혀서."

그제야 보라는 두 눈이 휘둥그레져서 물었다.

"엄마는 그럼 지금까지 누나 얘기를 하고 계신 거예요?"

이 말에 어머니 또한 어리둥절해져서 되물었다.

"그럼, 누구 얘긴 줄 알았니?"

"하하하! 난 또 오누 이야긴 줄 알았지. 태국 고양이 오누. 고게 안보이니까 얼마나 조용하고 좋아요? 비둘기 가족에게도 위험이 없고."

"그런 걸 난 또, 호호호."

어머니가 배꼽을 잡고 웃자, 보라도 따라 웃었다. 그런데 갑자기 어머니가 웃음을 뚝 그쳤다.

"얘, 웃지 마. 꼴도 보기 싫다."

"어, 왜 또 그래요?"

"그래, 고양이 없어진 건 알면서 누나가 안 보이는 건

솔직히 공부하기 싫지 53

몰라?"

"누나가 안 보이다니, 가출을 했단 말이에요?"

"듣기 싫어. 한 술 더 뜨네. 고양이를 데리고 난희네하고 사포 해수욕장엘 갔단 말이다."

"와! 하나밖에 없는 동생한테는 온다 간다 말 한 마디 없이 고양이만 달랑 안고 가는 그런 얌체."

"여북하면 고양일 안고 갔겠니? 집에 두고 가면 네가 구박할까 무서워 마음이 안 놓였던 게지."

"엄마, 그 말씀 하시려고 바쁘게 학교 가는 사람 불러 세웠어요?"

"그게 아니라 보연이가 가면서, 혹시 네 마음이 변하거든 네 친구들 몇 명이든지 데리고 함께 오라고 당부하더라."

"누나 철들었네. 맨날 무시하고 구박하더니 이제야 동생 귀한 줄 알고."

보라는 어머니에게 '학교 다녀오겠습니다'를 큰소리로 외친 다음, 학교로 뛰어갔다. 오늘은 이른 아침부터 유난히 푹푹 찌는 날씨인지라 학교 교문 앞에 도착하니, 숨이 헉헉 차고 온몸에 땀이 났다.

"아저씨, 다들 왔어요?"

"왔고말고. 오늘 아침엔 지각을 했구나."

"네, 그럴 일이 좀 있어서요. 교감 선생님은요?"

"아직 안 나오셨다. 어여 들어가 봐라. 어이구우······."

수위 아저씨가 허리를 두드리며 신음 소리를 냈다.
"왜 그러세요?"
"신경통이다."
"유도 선수도 신경통에 걸려요?"
"그건 다 옛날 얘기지. 지금은 늙어서……. 암만 약을 써도 안 나으니, 그저 신경통엔 호골주가 제일이라던데
"호골주가 뭐예요?"
"호랑이 뼈를 오래 담가 둔 술."
"호랑이 대신 고양이 뼈는 안 되나요?"
보라는 눈을 반짝반짝 빛내며 물었다.
"글쎄다. 그건 잘 모르겠다."
"아마 마찬가지일 거예요. 호랑이나 고양이나 비슷비슷 하잖아요. 더구나 태국산 고양이는 더욱 좋을 거예요."
"너 난데없이 그게 무슨 소리냐?"
"가만 계세요. 생각 좀 해보게요."
보라는 곰곰 생각에 잠겨 교실로 들어갔다. 교실에는 찬식이, 명호, 철수가 유리창에 바짝 붙어서 밖을 내다보고 있었다.
"너희들 거기서 뭘하는 거니?"
"응, 너도 이리 와 봐."
보라가 다가가서 보니, 아이들은 망원경을 서로 돌려 가며 들여다보고 있었다.

"망원경 아냐? 이거 누구 거니?"

"철수 거."

"어디 이리 줘 봐."

보라는 명호가 열심히 들여다보고 있는 망원경을 빼앗았다.

"잘 보이는데! 이거 바닷가에 갖고 가면 좋겠다."

"휘유! 그럴 생각이었지만 언제나 이 처량한 신세를 벗어나 해변가를 거닐게 될지 모르겠다."

철수가 한숨을 내쉬며 한탄하자, 찬식이가 기운을 북돋아 주었다.

"머지않았어. 오늘 내일 중으로 끝장이 날 테니 마음 폭 놓고 있어."

그때 보라가,

"교감 선생님 오신다!"

하고 마치 신대륙을 발견한 콜럼버스처럼 소리쳤다.

"어디, 나도 좀 보자."

"망원경은 하난데 어떻게 함께 보니? 내가 실황 중계를 잘할 테니 다들 듣기만 해. 음, 뭣 땜에 기다란 장화를 신으셨을까? 장마도 다 끝났는데. 어럽쇼? 등에다 곤장을 짊어지고 계셔. 모두 다섯 개."

"곤장? 곤장이라면 옛날에 죄인의 볼기를 치던 매 아니야?"

명호가 금방 얼굴빛이 변해서,
"그걸로 우릴 때리시려는 걸까?"
하고 걱정했다.
찬식이가 보라의 설명에 답답함을 참을 수 없다는 듯이,
"어디 내가 좀 볼게. 뭘 가지고 그렇게 호들갑을 떠는지."
하면서 망원경을 낚아챘다.
교감 선생님은 지금 막 교문을 들어서고 있었다. 그리고 망원경 없이도 제법 똑똑히 볼 수 있을 만큼 점점 가까이 다가왔다.
"보라야, 네 눈은 눈이 아니라 티눈이다. 티눈."
"내 눈이 왜 티눈이냐?"
"저게 어떻게 곤장이니? 넌 낚싯대도 모르니?"
"뭐? 낚싯대?"
"그렇다니까. 교감 선생님은 오늘 낚시를 가실 작정이신가 봐. 틀림없어. 장화까지 신으신 걸 보면."
찬식이의 자신만만한 해설에 철수는 그래도 마음이 안 놓이는지,
"낚싯대로도 종아릴 때릴 순 있는 거야. 플라스틱으로 만든 거면 잘 부러지지도 않으니까 말이야."
하고 걱정을 했다.
"야, 멍청한 소리 하지 마. 학교에도 회초리가 있는데 낚싯대를 일부러 가져오실 까닭이 어딨냐."

보라가 윽박질렀다.

"우리가 이러고저러고 해봐야 별수없어. 운명을 하늘에 맡기고, 교감 선생님 들어오시기 전에 자리에 앉아 공부하는 척이라도 하자."

"그래 그래, 그게 좋겠어."

찬식이의 말에 아이들은 모두 제자리에 앉아서 책을 펴 들었다.

드디어 해방이다

"음, 열심히들 하고 있군."
교감 선생님이 교실로 들어서며 말했다.
"어? 아저씬 누구세요?"
"여긴 아무나 들어오는 데가 아니에요. 빨리 나가세요."
"그래요. 교감 선생님이 곧 오실 텐데, 빨리 나가세요. 괜히 혼나시지 말고."
"수위 아저씨를 모셔와야겠어."
아이들의 엉뚱한 반응에 교감 선생님은 버럭 고함을 질렀다.
"나야, 나!"
"나라니오?"
"교감."
"교감 선생님…… 같다."
"정말 그러고 보니 좀 닮은 것 같기도 한데……."
아이들의 짓궂은 능청에 교감 선생님은 화가 끓어올랐지만 꾹 참았다.

"은사의 모습을 지척에 보면서도 진짜니 가짜니 엉뚱한 소리만 하는 건 예의가 아니야. 그 대가로 구술 시험이다. 은보라, 그리스가 어디 있는지 말해 봐."

"네, 사회 교과서에 있습니다."

보라의 대답에 아이들은 웃음을 참느라 입을 가리고 킥킥거렸다.

"웃지 말고 찬식이가 대답해 봐."

"네, 그리스는 발칸 반도 남쪽 유라시아 대륙의 길목에 자리잡고 있습니다."

"음, 찬식이는 잘 알고 있군."

"교감 선생님, 저도 그렇게 말하려고 했습니다."

명호가 자기도 잘 대답할 수 있었을 텐데 기회가 주어지지 않아 억울하다는 뜻을 비치자,

"저도 그렇습니다."

하고 철수도 질세라 끼어들었다.

"시끄러! 선생님이 너희들처럼 학교에 다닐 때에는 월반이라는 제도가 있었다."

"월반이요? 그게 뭔데요?"

"월반이란 학과 성적이 올 백이고 품행이 단정해서 타의 모범이 된 학생은 한 학년을 뛰어넘는 제도지. 가령 3학년이면 5학년이 되는 것이야. 말하자면 2계급 특진이지. 그런데 너희들은 월반은 고사하고……."

"하지만 교감 선생님, 저희는 5학년이니까 월반은 곤란하지 않습니까. 5학년에서 월반을 하면 학교 밖으로 뛰쳐나가야 하니까요."

보라의 넉살에 아이들이 '그건 그래'하며 까르르 웃었다.

"너한테는 전혀 그럴 염려가 없으니까 월반 걱정은 조금도 하지 않아도 돼."

"교감 선생님, 그건 또 모릅니다. 사람 팔자 시간 문제……."

"듣기 싫어. 월반할 실력은커녕 남들은 즐겁게 쉬는 때에 보충 수업을 받게 된 일을 부끄러워할 줄 알아야 한다. 자기의 잘못이나 단점을 솔직히 인정하고 부끄러워 하고 고쳐 나가는 게 사나이 대장부의 마음이다. 알았나?"

"네."

"지금은 월반 제도도 없어졌지만, 실력들이 모두 비슷 비슷해서 올 백이라는 뛰어난 성적도 보기 힘들어졌다. 그러니 지난 학기에 부족했던 성적을 다음 학기에는 충분히 발휘해서 월반을 한다는 결심으로 저마다 열심히 공부해 주기 바란다."

"야, 신난다. 그럼, 내일부터는 보충 수업 안해도 된다는 말씀인가요?"

그러나 교감 선생님은 명호의 부푼 기대를 '그렇게는 안 돼!'하고 한 마디로 눌러 버렸다.

"그 대신, 오늘 실시하는 자격 검정 고시에 합격하면 해방을…… 아니, 보충 수업을 면제해 주겠다."

"자격 검정고시요?"

"그래. 다들 빨간색 필기 도구를 가져왔겠지?"

"네."

교감 선생님은 들고 온 종이를 아이들에게 한 장씩 나눠 주었다. 그 종이에는 검은 바탕에 흰 글씨로 '정직'이라고 씌어 있었다.

"그 정직이란 하얀 부분을 빨간 필기 도구로 칠을 해서 메꾸는 거다."

"그게 검정 고시 문젭니까?"

"누워서 떡 먹긴걸."

"유치원생들의 공작 같다."

"이까짓 것 눈 감고도 하겠네 뭘."

아이들은 터무니없이 시시한 문제에 오히려 어리둥절해져서 한 마디씩 중얼거렸다.

"바로 그 점이야. 명호의 말대로, 이 문제는 눈을 감고 푸는 문제다."

"눈을 감고 어떻게 칠합니까?"

"그러니까 시험이지. 눈을 감고 짐작으로 칠을 해야 한다. 그리고 은보라, 너는 그 시험말고도 이 시험지에 적힌 문제를 풀어야 한다. 이 시험에서 60점을 넘어야 합격이야. 앞으로 30분 뒤에 올 테니 그때까지 다 해 놓아야 한다. 알았지?"

"네."

교감 선생님은 교실에서 나간 지 30분 만에 다시 돌아왔다. 그동안 명호, 철수, 찬식이는 '정직'을 다 메꿔 놓았고, 보라는 아이들이 도와 준다는 것도, '장님이 장님을 인도하면 둘 다 개천에 빠진다'며 자기 혼자 힘으로 문제를 풀어 내느라 낑낑거렸다.

"더운데 애들 썼다. 종이에 이름 써서 이리 가져와."

찬식이가 시험지를 걷어 교감 선생님에게 가져다 드렸다.

"음, 명호는 참 정확하게 깨끗이 칠을 했다."

"감사합니다."

"그러나 그림은 정확하지만 네 마음은 정직하지가 못 해. 눈을 꼭 감고 어떻게 이렇게 깨끗이 칠을 해낼 수가 있는지 정말 신기하구나. 그리고 찬식이! 너는 '정'자는 엉망이면서 '직'자는 깨끗하구나. 이건 도중에 눈을 뜬 게 분명해. 너는 반정직. 끝으로 철수."

교감 선생님은 철수 것을 살펴보더니 매우 만족한 얼굴이 되어 말했다.

"철수는 매우 정직한 소년이다. 하나하나가 모조리 빗나갔지만, 마음은 꼿꼿하고 올바르다는 걸 알 수가 있어. 철수야말로 정직한 모범 학생이야. 그리고 명호와 찬식이는 각자 양심에 비추어 보아서 이번 일을 반성의 기회로 삼아야 한다."

"알겠습니다."

"저도 명심하겠습니다."

"음, 근데 왜 보라 것은 없지?"

"네, 저는 시험 문제를 푸느라 바빠서 미처 하지 못했습니다. 그러니 지금이라도······."

"아, 그럴 필요 없어. 정답이 다 밝혀진 다음이니 해보나마나지. 그보다도 시험지 채점이나 한번 해볼까?"

교감 선생님은 답을 채점해 보더니,

"어? 간신히 60점이구나?"

하고 안도의 한숨을 내쉬었다.

이로써 보라를 보충 수업에서 풀어 주고, 또 교감 선생님 자신도 마음껏 방학을 즐길 수 있기 때문이다. 그러나 채점된 시험지를 본 보라는 교감 선생님의 기쁨에 제동을 걸었다.

"선생님, 계산이 잘못되지 않았습니까? 55점밖에는 안 되는데요."

"음, 그건 네 말이 옳다. 하지만 그동안의 학습 태도를 참작해서 5점을 더 줬다."

"저는 싫습니다. 채점은 어디까지나 명확하고 공정해야지, 동정으로 5점을 더 받았다고 기쁠 것 하나도 없습니다."

보라는 짐짓 자기는 동정 점수는 절대 사양하겠다고 점잖게 거절했다.

"그러면 어쩌겠다는 말이냐? 이건 후하게 줘도 걱정, 깎아도 앙탈."

"제가 정정당당히 60점 이상을 받을 때까지 보충 수업을 계속할 생각입니다. 그게 바로 진짜 정직이 아니겠습니까? 교감 선생님께서도 번거로우시겠지만 앞으로도 계속 지도해 주십시오."

보라의 고집에 교감 선생님은 드디어 화가 폭발했다.

"난 이제 더 이상 모르겠다. 이제부턴 너 혼자 나와서 해라. 그래서 정 시험을 보고 싶다면 그때 가서 내가 문제를 내주지. 그럼, 됐지?"

말을 마치자마자 교감 선생님은 교실 밖으로 나가 버렸다. 아이들은 비로소 맛보게 된 해방감에 서로 얼싸안고 악수를 하고 한바탕 야단 법석을 떨었다.

교실을 나선 아이들은 빵집으로 향했다.

"어, 시원하다. 이제야 좀 살 것 같다."

"올 여름은 내내 푹푹 찌려나 봐."

아이들이 에어컨 앞에 자리잡고 앉자 빵집 누나가 주문을 받으러 왔다.

"뭘로 줄까?"

"보라야, 네가 알아서 주문해. 어차피 네가 한턱 내는 건데 우리도 체면이 있지, 이것저것 가릴 수 있냐?"

"명호 너 말 이상하게 한다. 각자 내는 거야, 이거."
"네가 오자고 했잖아. 우린 따라왔을 뿐이야."
"알았어, 알았어. 우선 단체 행동의 질서를 위해서 내가 대표로 주문할게. 누나, 여기 곰보빵 여덟 개하고 우유 네 잔 주세요."
"그런대로 호화판인데?"
"미안하다. 잘 먹을게."
"나중에 우리도 살게."
아이들이 희희낙락해 했지만,
"너무 좋아하지들 마. 최후에 웃는 자가 진짜 승리자니까."
하고 보라는 의미 심장한 소리를 했다.
"무슨 뜻이야?"
"나중에 보면 알아. 우선은 먹고 보자."
아이들은 포크를 손에 쥐고 빵을 향해 돌진했다.
"이 빵집 제법이야. 작년까지만 해도 여름에는 난방, 겨울에는 냉방 시설이 잘 되어 있었는데 말이야."
찬식이가 빵을 우적우적 먹으며 새삼스럽게 빵집을 둘러보았다.
"그만큼 우리가 이 집에 금전적인 봉사를 했다는 뜻이지 뭐야."
"그건 그래. 하지만 이렇게 시원하게 앉아서 빵을 먹을 수 있게 됐으니, 그 정도의 봉사는 괜찮은걸. 그것보다도 너희들 내 말 좀 들어 봐."

모두 명호를 주목했다.

"난 늘 여름이면 생각하는데, 이렇게 푹푹 쪄대는 삼복 더위에 남산 꼭대기에 거대한 냉방 시설을 설치해서 얼음 같은 찬바람을 뿜어 내면 얼마나 좋을까? 그러면 서울 시민 전부가 골고루 시원할 텐데."

"그럼, 얼음 장수가 절딴나겠구나?"

"그 대신 감기약은 잘 팔릴 거다."

"옷장수도 한몫 보겠는걸?"

명호는 철수, 찬식이, 보라가 한 마디씩 하기를 기다렸다가 말을 이었다.

"또 다른 아이디어로는, 전기나 도시 가스처럼 집집마다 파이프를 연결해서 찬바람을 보내 주는 거야. 겨울에는 더운 바람을 보내고. 이렇게 하면 냉난방 문제뿐 아니라 연탄 가스 소동 같은 것도 완전 해결될 거 아니겠니?"

"누가 그 일을 하고?"

제법 그럴듯한 아이디어에 찬식이가 호기심이 나서 물었다.

"그야 회사를 설립해야지."

"그럼, 한국 바람 주식 회사가 되겠구나?"

"바람 주식 회사가 뭐냐. 그래도 품위 있게 여름에는 냉풍 회사, 겨울에는 난풍 회사 정도는 되야지."

그러자 흥미 있게 듣고 있던 철수도 끼어들었다.
"가끔은 향수 냄새를 서비스로 보급하고, 또 소독약도 보내 주면 더 좋겠다. 하지만 그러자면 돈이 무지무지 들 텐데."
"그야 다달이 수도 요금, 전기 요금 내듯이 각 가정에서 바람 요금을 내야지."
"그거 정말 좋은 생각인데? 근데 왜 여태껏 아무도 그걸 생각 못했지?"
"모두 내 머리만 못해서 그렇지 뭐."
"야, 빵 체하겠다."
그때 보라가 문득 빵집에 오자고 한 용건을 생각해 냈다.
"아 참! 하마터면 까먹을 뻔했다."
"보라, 넌 빵도 까서 먹니?"
"그게 아니라 명호의 냉난풍 회사는 아직 먼 이야기니까, 당장은 우리가 찬 바람 맑은 공기를 찾아가자는 말을 하려고 너희를 빵집에 데려온 거야. 너희들 서해안에 있는 사포 해수욕장 알지? 내가 너희들을 사포로 초대한다. 어때?"
"비용은 누가 내고?"
"명호 앤 돈밖에 모르더라. 공짜면 좋겠지만, 각자 부담이야."
"그럼, 초대도 아니잖아?"
"싫으면 명호, 넌 빠져."

"아니야, 싫다고는 안했어."
"보라야, 좀 찬찬히 설명해 봐. 뭐가 어떻게 된 거니?"
철수가 갑갑하다는 듯 재촉했다.
"찬식이는 며칠 전에 대충 들었으니 알겠고, 철수랑 명호 너희들 금난희 알지?"
"옛날에 네 짝이었던 애?"
"그래, 그 애네 외가집 별장이 사포에 있는데, 거기에 초대를 받았어. 나보고 친구들을 데리고 와도 좋다고 했어."
"하지만 이 더운 때 먼 길을 갔다가 푸대접을 받는 날엔……."
철수가 믿기지 않아 염려했지만,
"그럴 리 없어."
하고 보라는 잘라 말했다.
"난희네하고 우리 집은 어른들끼리도 가까운 사이야. 너희들 난희 아버지 모르니? 서양화가이자 대학 교수인 금화백 아저씨. 그 아저씨하고 난희, 난희 오빠, 그리고 우리 누나를 벌써 선발대로 파견해 놨어."
"와아! 네가 파견했어?"
"아, 아니. 내, 내가 파견한 건 아니지만 아무튼 먼저들 가 있어."
"그럼 선발대고 뭐고 없잖아, 그냥 먼저 간 거지."
"명호, 너 자꾸 그렇게 꼬치꼬치 따지고 들래?"

보라가 명호에게 발끈하고 화를 내자, 철수도 자못 근심스러워했다.
"그러면 역시 푸대접 받을 공산이 크다."
"철수, 넌 푸대접만 받고 자랐나? 그런 염려는 붙들어 매두라고. 하지만 너희들이 그렇게 의심스럽다면 만일의 경우에 대비해서 충분하고도 철저한 안전책을 세워 가지고 가면 되잖아."
"어떻게?"
"텐트에 버너, 낚싯대, 매미채, 식물 채집 기구 따위를 다 갖춰 가지고 갔다가, 만의 하나라도 선발대가 우릴 소홀하게 대접하면 독립해서 생활하는 거야. 고기를 낚고, 채소 같은 것은 서리하고……."
"그거 재밌겠다!"
"나도 그럼 찬성이야!"
"나도. 그런데 뭘 타고 가니?"
"기차, 버스, 비행기, 배 여러 종류가 있지."
"비, 비행기도 가?"
"명호야, 넌 좀 멍청한 데가 있어. 누가 비행기도 간댔냐? 그런 교통 수단도 있다는 거지. 아마 우린 배편을 이용하게 될 것 같아."
"배, 좋지."
"그런데 꼭 한 가지 지켜야 할 점은 오늘 안으로 부모님의 허락을 받아야 한다는 거야. 그래야 각자 준비물을 나눠서 장만할 수 있을 테니까."

"좋았어."

"오늘 밤 안으로 보라네 집으로 전화하면 되겠구나?"

"그래그래, 그렇게 하자."

"그럼, 각자 집으로 돌아가서 허락을 받아 내기로 하고, 빵값들 내."

"보라, 네가 사주는 거 아니었어?"

"우선은 내가 내는 걸로 해도 좋지만, 그럼 나중에 회비에서 떼겠어."

"야! 치사하다. 치사해."

"치사해도 어쩔 수 없어."

찬식이, 명호, 철수는 할 수 없이 자기 몫의 빵값을 냈다.

바다는 부른다

"여보, 보라가 제 누나가 가 있는 사포엘 가겠대요."
"가라지, 뭐."
"한둘도 아니고 서너 명이 우르르 몰려 간다는데 마음을 놓을 수가 있어야죠."
"무사히 도착만 하면 안심이지. 사포에는 금화백이 먼저 가 있다며?"
"그래도 저는 걱정이에요. 게다가 애들은 배를 타고 가겠다고 성화고, 보라 친구 부모님들은 보호자가 없으면 보낼 수 없다고들 하신대요. 그건 저도 마찬가지 생각이에요."
"그래서 나보고 어떡하라는 거요?"
"여보, 수고스럽겠지만 당신이 좀 인솔해서 다녀오지 않으시겠어요?"
그제야 아버지는 읽던 신문을 치우고 어머니를 마주 보았다.
"장사는 어떡하고 가란 말이오?"
"일 년에 며칠쯤이야 쉬시는 것도 좋지 않아요?"

"어디 그럴 팔자가 되야지……."

아버지는 조금 망설이더니,

"그럼, 이렇게 할까? 데려다만 주고 난 곧 돌아오기로. 그리고 장사도 장사지만, 나마저 가 버리면 당신 혼자 심심할 거 아니오?"

하고 보라 어머니를 생각해 주었다.

"그러실 거 없어요. 이왕 먼 길 가셨는데 금화백도 계시니까 며칠 푹 쉬시다 오세요. 저도 모처럼 한가롭게 책이나 읽으며 자유를 만끽할 테니까요."

"글쎄……. 그럼, 그래 볼까?"

아버지의 마음이 사포에 가는 쪽으로 기울어지자, 어머니는 안방을 나와 보라 방으로 갔다. 보라는 자기 방에서 어머니의 성공을 빌며 목이 빠져라 기쁜 소식을 기다리고 있었다.

"엄마, 어떻게 됐어요?"

"반승낙은 하셨다. 잘하면 인솔자가 되어 주실 것도 같으니, 네가 가서 잘 말씀드려 봐."

"우와, 신난다. 그렇게만 되면 얼마나 좋을까!"

보라는 서둘러 안방으로 건너갔다.

"아버지, 같이 가 주시는 거죠?"

"글쎄다……."

"아이, 꼭 함께 가셔야 해요."

보라는 아버지의 팔을 잡고 흔들며 어리광을 부렸다.

"근데, 배로 갈 생각이라며?"

"네, 하지만 그것도 문제예요. 전화로 알아봤더니 며칠 전에 미리 예약하지 않으면 표가 없대요."

"그럴 거다. 그러지 말고, 우리 차로 가는 게 어떠냐?"

"야호! 그것도 좋지요."

"하지만 기사까지 모두 다섯 명이 탈 수 있는데, 너희 일행이 모두 넷이라니까 아무래도 난 빠져야 할 것 같다."

아버지가 자기는 슬쩍 빠지려고 했지만, 보라는 고개를 힘차게 가로저었다.

"아니에요, 아버지. 아까 철수한테 전화가 왔었는데요, 철수는 자기네 가족끼리 산에 가기로 했대요. 그래서 사포에 못 간다고 했어요."

보라의 아버지는 그제야 마음을 굳힌 듯,

"그렇다면 나도 가기로 하지, 너희들 감독도 할 겸 말이다."

라고 했지만, 실은 아이들 감독보다는 금화백을 만나고 싶은 마음에 사포행을 결심한 것이다.

"야, 신난다! 그럼, 언제 떠나요?"

"쇠뿔도 단 김에 빼랬다고, 내일 당장 떠나자."

"하하하! 우리 아버지는 멋쟁이야."

"다들 준비에 지장이 없겠니?"

"상관없어요. 벌써부터 준비 다 마치고 대기 중이니까요.

그럼, 전 나가서 전화를 해야겠어요. 다들 이도령에게서 연락 올 걸 기다리는 춘향이가 되어 있을 테니까요."

"허허허! 그럼 빨리 가서 그들에게 복음을 전해 주려무나."

"하하하!"

다음 날, 이기사는 새벽같이 보라네 집으로 와 자동차의 안전 점검을 하느라 바빴다. 이기사는 금은방을 하는 보라의 아버지가 고용한 운전사다.

"기사 아저씨, 안녕히 주무셨어요?"

"어? 오늘 아침엔 해가 서쪽에서 떴나? 보라가 이렇게 일찍 일어나다니."

"잠이 와야 자죠. 어젯밤은 계속 잤다 깼다 하느라 제대로 못 잤어요."

"허어, 보라가 잠이 안 온다는 걸 보니 좋긴 꽤 좋은 모양이구나."

"그럼요. 아저씨도 싫지는 않으신가 보죠? 아침부터 서두르시는 걸 보면."

"나야 책임이 있으니까. 먼 길을 뛸 땐 차 정비를 철저히 해야 하거든. 누가 뭐래도 안전이 제일이야."

"근데 아저씨, 바다 좋아하세요?"

"좋아하고말고. 한때는 바다에서 살았는걸."

"어떻게요? 해수욕장에서요?"

"아니. 지금은 자동차를 끌지만 옛날엔 배를 탔어."

"와! 아저씨가 배를요? 그건 또 처음 듣는 말인데요. 그럼, 마도로스였네요?"
"그런 셈이지. 배가 크진 않았지만 기관사였으니까. 나도 돌이켜 보면 별의별 직업을 다 가져 보았지."
"선원이었으면 수영도 잘하시겠네요."
"이를 말이냐. 물고기가 나한테 와서 헤엄치는 법 좀 가르쳐 달라고 어찌나 귀찮게 구는지……."
"에이, 아저씨 허풍도……. 그리고 낚시질도 잘하시겠네요?"
"말도 마. 일 초에 한 마리씩 낚아 내는 실력이니까."
"그럼, 사포에 가서 수영하고 낚시 실력을 전수 좀 받아야 겠는걸요."
"어렵지 않지."
이기사와 보라가 들뜬 기분으로 이야기를 주고받고 있는데, 명호와 찬식이가 배낭에 한 짐 가득 걸머지고 대문을 들어섰다.
"보라야!"
"너희들 웬일이니? 이렇게 일찍."
"야, 보지만 말고 이 배낭 좀 받아 줘. 무거워 죽겠다."
"이리 내려놔. 트렁크에 실으면 되니까."
기사 아저씨가 두 아이의 배낭을 들어올리며 웬 짐이 이렇게 무겁냐고 놀라워했다.
"텐트가 들어 있어서 그래요."

바다는 부른다 77

"별장이 있는데 텐트는 무슨……."
"그래도 만약을 위해서 가져가는 거예요."
 기사 아저씨는 트렁크에다 배낭을 싣더니 다시 자동차를 살펴보느라 분주했다. 보라는 명호와 찬식이를 데리고 집안으로 들어갔다.
"너희들 아침도 안 먹고 왔겠구나."
"아침은 무슨 아침. 가슴이 설레서 안 먹어도 배부르다."
"우리 집에서 나랑 같이 먹자."
"그럼, 어디 미안해서 쓰나. 어험!"
 찬식이가 어른 목소리를 흉내 내서 점잖게 거절했다.
"얀마, 능청 떨지 마."
 아침 식사를 끝내자, 보라 어머니는 떠날 길을 서둘렀다. 날씨가 더워지기 전에 일찌감치 출발하는 게 좋기 때문이다.
"점심은 찬합에 넣어 차에 실어 놨으니까 가다가 드시고요, 밑반찬도 몇 가지 준비해 놓았어요. 그리고 너희들, 가서 물조심하고 식중독 조심하고, 어른 말씀 잘 들어야 한다."
"네, 보라 어머니. 명심하겠습니다."
"저도요. 조심하겠습니다."
"엄마, 그럼 갔다올게요."
"여보, 내 빨리 다녀올 테니 문단속 잘하고, 혹시 무슨 일 생기면……."

"무슨 일 생기면 연락할 테니, 집 걱정은 마시고 몸조심이나 하세요."

보라, 찬식이, 명호는 차에 올라타며 동시에 큰소리로 인사했다.

"다녀오겠습니다아!"

"오냐. 재미있게 놀다들 오너라."

차가 서울을 빠져 나가자, 신록이 우거진 바깥 경치가 마음을 시원하게 해주었다. 고속 도로는 여름 휴가를 떠나는 차들로 여느 때보다 붐볐다. 차를 타고 달리는 사람들의 얼굴이 너나 할 것 없이 모두 즐거워 보였다.

"아저씨, 수영 잘하세요?"

찬식이가 보라 아버지에게 물었다.

"그야 보통 실력은 넘지, 학교 다닐 때 수영부였으니까."

"아저씨가 수영 선수셨어요?"

"아, 아니. 수영 선수는 아니고 주무 노릇을 했다. 수영부의 살림을 몽땅 도맡아서 하는 중요한 소임이지. 그리고 선수들 뒤치다꺼리, 섭외 활동도 내가 전담했고, 우승컵, 트로피, 상패 같은 것도 내가 다 관리했다."

"그때부터 아저씨는 벌써 은이나 금하고 인연이 있었군요?"

"허허! 그렇다고 할 수 있지."

"그보다도 아저씨. 선수 생활은 전혀 안하셨어요?"
"하도 사무적인 일이 많아서 실력은 있으면서도 직접 선수 생활은 안했지."
"실력이 어느 정도였는데요?"
"코치 선생이 시합에 나가라고 자꾸 권했을 정도야. 그때만 해도 청평이나 팔당 댐이 없을 때니까 한강 물이 지금하고는 달리 철철 넘쳐 흘렀는데, 단숨에 세 번 왔다갔다 했어."
"그럼 이상하잖아요. 갔다 왔다 갔으면 출발한 곳하고는 정반대 쪽인데 그 다음엔 그곳에서 어떡하셨어요?"
"비록 몸이 지쳤더라도 교통 기관을 이용하면 되니까."
"수영 팬티만 입은 알몸으로 버스를 타셨어요?"
 찬식이와 명호가 자꾸 말꼬리를 잡고 늘어지자, 보라 아버지는 점점 입장이 난처해져서 이마에 땀이 솟아났다.
"음? 허허, 찬식이와 명호는 왜 그렇게 생각이 모자라니? 교통 기관이라고 해서 버스만 있나. 그땐 한강에 나룻배가 다녔지."
"애들아, 우리 아버지 너무 괴롭히지 마."
 보다못한 보라가 아버지 편을 들며 친구들을 말렸다.
"그래그래, 보라 말이 옳다. 사내 대장부가 대범하지 못하게시리 자질구레한 일을 가지고 꼬치꼬치 캐묻는 게 아니다."

그래도 찬식이는 궁금함을 참을 수 없어서,
"그럼 아저씨, 한 가지만 더 여쭤 볼게요."
하며, 아까 서울을 떠날 때 보라 어머니가 보라 아버지더러 맥주병이라고 한 건 무슨 말이었냐고 물었다.
"아, 그거? 그건 내가 술을 좋아한다는 의미지. 옛날엔 술 잘 마시는 사람을 가리켜 술독이니 술통이니 했지만, 이제 시대가 변하다 보니 요즘은 맥주병이라고 하는 모양이더라."
"그런데, 왜 맥주병이니까 깊은 물에 들어가시면 안 된다고 그러셨어요?"
"허어 참! 그건 내가 운동을 하지 않은 지가 오래된 데다가 몸이 이렇게 뚱뚱해져서 혈압이 여간 높은 게 아니야. 그런 체질에 술을 마시고 깊은 물에 들어가면 쇼크 때문에 심장 마비나 경련이 일어나게 되지. 그래서 맥주병 어쩌고저쩌고 한 거야. 이제 알아들었으면 질문 사절이다."
보라 아버지는 아이들이 또 곤란한 질문을 할까 두려워, 기사 아저씨에게 라디오를 켜라고 했다.
라디오에서는 여자 아나운서가 산으로 바다로 여름 휴가를 떠나는 사람들로 각 고속 도로가 혼잡하다는 걸 알리며, 부디 안전하고 즐거운 여행이 되길 빈다면서 '해변으로 가요'란 노래를 틀어 주었다.
아이들은 금방 모래 사장을 달려가는 듯한 기분이 되어 흥겹게 노래를 따라 불렀다.

"별이 쏟아지는 해변으로 가요……."
 고속 도로 위에는 뜨거운 햇볕이 내리쬐었으나, 아이들 마음속엔 벌써 시원한 바닷바람이 가득 불어오고 있었다.

만나자마자 아옹다옹

처얼썩 철썩!
철썩 척 쏴아아!
파도가 밀려 왔다가 밀려 가면 그 자리는 아무 흔적도 없는 깨끗한 모래밭이 된다. 마치 지금껏 한 사람도 그곳에 오지 않은 것 같은 바닷가.
아이들은 다투어 거기에 자기의 발자국을 새겨 놓지만, 그 발자국들 역시 한 번의 파도에 깨끗이 지워져 버린다. 그래도 아이들은 발자국 찍기 장난을 멈추려 하지 않는다.
"보연이 언니, 많이 잡았어?"
"아니, 얼마 안 돼. 난희 너는?"
"보통이야. 오빤 성적이 어때?"
"나도 별로야."
보연과 난희, 난희의 오빠 석두는 썰물 때라 물이 빠진 바닷가에서 조개 잡기에 여념이 없다.
"에게, 셋이 합쳐도 요것밖에 안 돼? 요까짓 거 가지곤 저녁에 조개탕 끓여 먹긴 다 틀렸다."

난희는 실망해 울상이 되었다.

"조개 장사 아주머니에게 사면 되지 뭐."

"오빤! 아빠한테 우리가 직접 잡은 걸로 요리해 드린다고 약속하잖았어?"

"아버진 조개나 소라 같은 거 좋아하시지도 않아."

"오빤 고것 잡으려고 아침부터 그렇게 큰소릴 쳤어?"

"야, 양만 많으면 뭐하냐? 보연이하고 나는 양보다는 질, 그냥 조개가 아니라 진주조개를 노리는 거다."

"호호호! 뭐라고?"

그때 스피커에서 '은보연 씨, 은보연 씨. 서울서 전화 왔습니다' 하는 소리가 흘러 나왔다.

여름에 바캉스철이 되면 해수욕장에는 임시 약국, 탈의장, 음식점 등과 함께 임시 우체국도 마련된다. 그곳에서는 스피커를 통해 사람을 찾아주기도 하고, 또 전화나 전보가 오면 방송을 해서 알려 준다.

"어머, 나 찾는 소리야!"

보연이는 임시 우체국을 향해 달려갔다.

"오빠, 서울서 왜 전화가 왔을까?"

"글쎄, 혹시 보라가 온다는 전화 아닐까?"

"그랬으면 좋겠다."

잠시 후에 우체국에 갔던 보연이가 돌아오는 모습이 보였다.

"저기 보연이가 온다."

난희는 궁금해 못 견디겠는지, 보연이를 향해 마주 달려가며 소리쳐 물었다.

"언니, 무슨 일이야?"

보연이는 가쁜 숨을 몰아쉬며 대답했다.

"보라가 온대."

"와! 신난다. 오빠, 보라가 온대, 보라가."

"잘됐어. 다 모이면 이제부터 정말 신바람이 날 거야. 근데 보연아, 보라 혼자 온대?"

"아니. 엄마가 전화하셨는데, 아버지랑 보라, 그리고 찬식이, 명호가 아버지 차로 떠났대. 이제 곧 도착할 시간이 됐대."

석두는 난희와 보연이에게 저녁 준비나 푸짐히 해두라고 이르고는 아버지가 그림을 그리고 있는 백사장으로 이 소식을 알리기 위해 달려갔다.

"언니, 오늘 저녁에 환영 파티를 열자. 어쩐지 간밤에 꿈이 좋더라니. 언니, 아무래도 시장에 가서 해산물을 좀 사야겠지?"

난희는 호들갑을 떨며 보연이를 끌고 바삐 집으로 돌아갔다. 그동안 석두는 아버지가 있는 곳까지 헐레벌떡 뛰어갔다.

"아버지, 아버지!"

"뜨거운 날씨에 그렇게 달리다간 더위 먹기 꼭 알맞겠다."

땀을 뻘뻘 흘리면서 헐떡이는 석두를 쳐다본 석두 아버지는 혀를 끌끌 차면서 계속 그림을 그렸다.

"아버지, 서울서 보라가 친구들을 데리고 와요."

"그래? 온다는 건 어떻게 알았니?"

석두 아버지는 여전히 심드렁한 반응만 보였다.

"서울서 보라 어머니가 전화를 하셨어요. 그리고 보라 아버지도 오신대요."

보라 아버지도 오신다는 소리에 난희 아버지는 귀가 번쩍 뜨여 반가워했다.

"은사장이? 그거 잘됐구나, 언제 오신대나?"

"곧 도착하실 거래요."

"그럼, 어서 집으로 돌아가 손님 맞을 준비를 해야겠구나. 보연이하고 난희에겐 음식 장만을 넉넉히 하라고 그러지 않고?"

"벌써 그렇게 일러 놨어요."

사포 해수욕장에 있는 별장에서는 곧 보라네를 맞을 준비를 하기 시작했다.

보연이와 난희는 성싱한 생선을 사다가 조림을 하고 조개국을 끓이는 등 부엌일을 맡아 하고, 난희 아버지와 석두는 별장 안을 정리하느라 한참 동안이나 부산스러웠다.

대충 준비가 끝나자, 난희와 보연이는 차가 들어오는 곳까지 마중을 나가 기다렸다.
"어머, 언니. 저길 봐. 차가 오지?"
난희가 시내에서 해수욕장으로 들어오는 도로 쪽을 손가락질해 보였다.
"어디?"
"저어기. 저기 까만 차가 오고 있잖아."
"안 보이는데……. 아, 맞다! 우리 차야."
차는 곧 난희와 보연이가 있는 데까지 와서 멈췄다. 제일 먼저 보라 아버지가 차에서 내렸다.
"아빠……."
"오, 보연아. 잘 있었니? 벌써 못 알아볼 만큼 새까맣게 탔구나."
"아저씨, 어서 오세요."
난희가 꾸벅 인사를 했다.
"음, 난희도 건강해 보여서 좋구나."
난희는 곧 보라 앞으로 가서 반갑게 아는 척을 했다.
"보라야!"
그러나 보라는 일부러 의아해 하는 폼을 취해 보이며,
"나더러 보라라고 부르는 댁은 누구시지요?"
하고 도무지 모르겠다는 듯 능청을 떨었다.
"아이, 또 저런다. 얘, 보라야. 반갑다."
"어느 나라에서 오신 분인지 몰라도 아프리카 토인은 분명

한 거 같은데 한국말을 썩 잘하십니다."

"아이, 몰라. 너 자꾸 그러면 말 안 할래."

"동서남북 상하좌우가 죄다 새까매서 앞뒤를 구별할 수가 있어야지. 어디가 앞입니까? 오우! 지금 나를 노려보고 있는 두 눈이 반짝반짝하는 쪽이 앞이군요."

보라가 놀려 대는 걸 멈추지 않자, 난희는 새침해져서 보라를 외면하고 찬식이와 명호에게 아는 체를 했다.

"얘들아, 너희들 정말 잘 왔다."

"초대해 줘서 고맙다. 난희야."

"진심으로 환영한다. 한 사람만 빼놓고."

난희가 보라를 흘겨 보며 그렇게 비아냥거리자,

"난희야, 기분고쳐. 자, 악수."

하고 보라가 손을 내밀었다.

그러나 난희는,

"흥, 싫어!"

하고 볼멘소리를 했다.

"인사는 그만들 나누고 별장으로 가자. 아빠, 가세요. 금화 백 아저씨께서 얼마나 기다리셨다고요."

"그래, 어서 가자."

별장에서는 난희 아버지와 석두가 목을 길게 빼고 이제나 저제나 하고 기다리고 있었다.

"은사장, 어서 오시오."

"금화백, 오랜만이구려."

별장에서는 또 한바탕 반가운 인사가 오갔다. 인사가 끝나자 보라 아버지와 난희 아버지는 시원한 맥주를 마시러 가고, 아이들은 바닷가로 나갔다.

"석두 형, 보물선 멋있다. 누가 그렸어?"

석두의 등에는 멋진 보물선이 그려져 있었다.

"아버지를 졸라서 그려 달란 거야. 페인트로 그린 건데, 나중에 몸이 까맣게 탄 뒤에 벗겨내면 그 자리만 하얗게 남아서 좋은 기념이 돼."

"나두 했음 좋겠다."

보라가 부러워하자, 석두가 자기가 해주겠다고 나섰다.

"나두, 형!"

"나두, 나두!"

"그래, 어렵지 않아. 너희들도 다 해줄게. 근데 하려면 빠를수록 좋아. 피부가 타기 전에 해야 선명하니까."

"난 정직이라고 쓸 거야."

찬식이의 말에,

"그러고 나서 나중에 빨간 색연필로 칠을 하려고?"

하고 명호가 되받았다.

"난 그 일 생각만 해도 지긋지긋하다."

보라가 짐짓 몸서리를 쳤다.

"무슨 일인데 그러니?"

"석두 형은 알 거 없어. 그보다 난 사포에 왔던 기념으로 '사포'라고 써 주겠어? 형은 영어를 아니까 이왕이면 영어로 근사하게 써 줘."

"좋았어. 그럼 내가 별장에 가서 페인트를 가져올게. 여기서 기다리고들 있어."

석두는 아이들을 바닷가에 남겨 놓고 별장으로 돌아왔다. 석두가 별장 여기저기를 기웃거리고 다니자, 난희가 뭣 때문에 그러느냐고 물었다. 석두는 보라들에게 글씨를 써 주기 위해 페인트 통을 찾는다고 대답했다.

"응, 그거? 내가 찾아다 줄게."

난희는 페인트 통을 찾아 오빠에게 가져다 주려다 말고, 부엌으로 들어갔다.

"보연이 언니, 나 보라한테 아까 당한 창피를 보복해 줘도 괜찮아?"

"나한테 허락 맡을 거 없어. 보라가 우리 여성에게 모욕을 줬으니까 나도 찬성이야."

"그럼 언니, 풀이나 뭐 그런 거 없어?"

"그건 왜?"

난희는 자기의 계획을 보연이에게 속닥속닥 귓엣말로 설명해 주었다.

"얘, 그거 멋진 복수다."

조금 뒤, 난희는 자기 오빠에게 페인트 통을 두 개 내 주었다.

"왜 두 개니?"

"응, 이거는 보통 일반용이고, 이쪽 거는 보라용이야. 보연이 언니가 자기 동생한테 해달라고 특별히 부탁한 거니까, 언니한테 눈총 받지 않으려면 알아서 해."

난희는 보연이한테 꼼짝 못하는 석두의 약점을 잘 이용했다.

"아, 알았어."

석두는 바닷가로 나가 아이들 등에다 차례차례 원하는 글자를 써 주었다. 물론 보라의 등에는 난희의 부탁대로 특별용 통에 든 페인트를 사용해서 영어로 'SAPO(사포)' 라고 썼다.

등에 쓰인 글자를 말리느라 웃통을 벗고 모래밭에 앉아 있는데, 저녁을 먹으라고 난희가 데리러 왔다. 글자가 아직 좀 덜 마른 것 같긴 했지만 옷을 걸쳐도 괜찮을 것 같아, 런닝 셔츠만 입고 다들 식당으로 모였다.

그날 저녁, 식탁에서는 모두 진주 찾기를 해야만 했다. 난희가 조개를 잘 씻지 않아서 조개국에서 모래알과 돌이 제법 심심치 않게 나왔기 때문이다. 남자 아이들은 신이 나서 난희를 놀려 대고, 난희는 미안하고 무안해서 어쩔줄 몰라 했지만, 그런 대로 맛있고 유쾌한 저녁 식사였다.

그런데 정작 재미있는 소동이 일어난 것은 저녁 식사가

끝나고 나서였다. 모두 별장 앞 평상에 앉아 별을 헤며 이야기를 나누고 있었다. 그런데 보라가 문득 느낌이 이상해서 옷을 벗으려 했다.
"어? 옷이 안 떨어져."
"옷이 안 떨어지다니?"
"찬식아, 좀 떼어 봐라."
보라의 런닝 셔츠가 등에 찰싹 붙은 채 떨어지지를 않는 것이었다.
"아야! 좀 살살해."
"엄살은……. 좀 참아."
찬식이가 떼어 주는 덕분에 옷은 떨어져 나왔지만, 보라는 등허리가 쓰리고 아려서 우거지상을 지었다.
"왜 그러니? 어디 좀 보자."
남자 아이들이 모두 보라의 등뒤로 몰려 가고, 보연이와 난희는 아까부터 참고 있던 웃음을 터뜨렸다.
"호호호! 아이 우스워."
"어머나, 언니. 보라는 옷을 입는 게 아니라 붙이고 다니나 봐."
보라는 잔뜩 독이 올라서 으르렁거렸다.
"석두 형, 알지? 난희도 잘 기억해 둬. 단단히 각오들을 해야 할 거야. 감히 이 보라를 건드렸어!"

고양이 술, 비둘기 요리

 보라네가 사포 해수욕장에 도착한 다음 날은 하늘이 어둡게 내려앉아서 꾸무럭거리는 게 아무래도 비라도 한 번 쏟아질 것만 같았다.
 아침 식사가 끝나자, 모두들 와글와글 떠들며 식당에서 나왔다.
 "잠시 조용해 주시기 바랍니다."
 찬식이가 모두의 시선을 주목시켰다.
 "행사 당번으로서 오늘의 계획을 발표하겠습니다. 아침 식사가 끝났으니 약 한 시간쯤 휴식을 취한 뒤에 수영 연습에 들어가겠습니다. 오늘의 수영 지도는 보라 아버님께서 맡아 주시겠습니다. 잘 부탁드립니다."
 보라 아버지는 금세 당황해서 안절부절못했다.
 "뭐? 내, 내가 수영 지도 강사라고?"
 "그렇습니다. 아저씨는 왕년에 수영부의 매니저로 활약하실 정도로 뛰어난 수영 실력을 갖추셨습니다. 한강을 단숨에 세 번 헤엄쳐 건너신 실력을 발휘하셔서 잘 가르쳐 주십시오."

"무, 물론 수영에는 자신이 있지만, 그건 벌써 옛날 이야기고 이제는 몸이 말을 잘 안 듣는다. 그리고 오늘처럼 날씨가 꾸물거리는 날에는 온몸이 신경통 때문에 결리고 쑤시고……. 아이구, 허리야."

보라 아버지가 극구 사양하자, 명호가 볼멘소리로 투덜거렸다.

"그렇다면 바다에는 왜 오셨어요? 물에 안 들어가실 거면 해변에 오실 필요가 없잖아요."

"언젠가는 나도 들어간다. 몸이 풀릴 때까지만 기다려 다오."

아버지가 쩔쩔매는 것을 보고, 보라는 웃음을 참지 못해 낄낄거렸다.

"인석아, 실없이 웃긴 왜 웃어?"

"아, 아니에요, 아버지. 애들아, 우리 아버지 너무 괴롭혀 드리지 마. 우리 아버진 물이라면 눈물 콧물만 보셔도 질겁을 하시니까."

난희가 눈을 동그랗게 뜨고 물었다.

"이상하시다. 공수병에 걸리면 물을 그렇게 무서워한다는데. 저, 혹시 공수병 아니세요?"

"공수병은 미친 개한테 물렸을 때 걸리는 병이야. 난 신경통이래도, 신경통."

보라 아버지가 짜증을 내자, 보라가 얼른 화제를 돌렸다.

"아빠, 신경통에는 호골주가 좋대요."

"호골주가 뭐니?"

보연이가 궁금해 했다.

"호랑이 뼈를 담가서 우려낸 술."

"호랑이 뼈를 어디서 구해?"

"구하기가 어려우니까 호랑이 대신 고양이를 고아 먹어도 잘 듣는대."

"어머머! 오누야, 우리 피난 가자. 여기 더 있으면 위험하겠다."

보연이가 질겁을 하며 고양이를 감싸안자, 고양이는 영문도 모르고 기분 좋게 야옹야옹 울었다.

"누나, 너무했다. 옛날엔 부모님 병구완을 위해 천 리 만 리 마다 않고 명약을 찾아다닌 효녀가 한둘이 아니었다는데, 누난 바로 손 닿는 곳에 있는 그 고양이 한 마리 가지고 그래? 만일 내가 누나라면 지금 당장 바글바글 끓여서……."

"애, 시끄러!"

보연이는 얼굴이 새파래져서 고양이를 더욱 꼭 껴안았다.

"그만들 해라. 내 식성에 고양이국은 맞지 않는다. 일광욕을 하고 모래 찜질을 하노라면 신경통도 자연히 나을 테니까, 그때 가서 수영 강습을 해주도록 하마. 그 전까지는 나 대신 금화백 아저씨한테 배우도록 해라."

"나, 나 말이오?"
"네, 금화백께선 신경통도 없으시고 수영에도 조예가 깊으시다고 들었소이다."
이번엔 보라 아버지 대신 난희 아버지가 곤경에 빠졌다.
"무, 물론 수영이라면 돌고래만큼이나 자신이 있소이다마는, 요즘엔 물에만 들어가면 감기 기운이 도져서 두통이 난단 말씀이야. 에취, 에취!"
"그게 무슨 소립니까?"
"재채기를 했소이다."
"그 재채기 소리 한 번 희한하구려. 재채기라면 그냥 자연스럽게 하게 마련이지, 발음도 또렷하게 에취 에취 할 수도 있소?"
보라 아버지의 말에 아이들이 모두 까르르 웃었다. 그러나, 난희 아버지는 조금도 주눅이 들지 않고 당당하게 맞섰다.
"사람에 따라서 발음이나 듣는 귀가 다른 법이지요. 지방에 따라서도 다르고요."
"허어, 재채기에도 사투리가 있습니까?"
"있고말고요. 표준말로는 '에취 에취'지만 평안도 방언으로는 '에티니 에티니'라고 합니다."
"에티니요? 그럼, 재채기하는 소리만 들어도 고향을 알 수 있겠구려?"

고양이 술, 비둘기 요리 97

보라 아버지는 이제 난희 아버지를 놀리는 걸 그만두고 흥미 있는 재채기 학설에 완전히 빠져들었다. 아이들도 보라 아버지와 난희 아버지가 주고받는 말에 잠자코 귀를 기울였다.

"고향뿐이겠소? 국적까지도 알아낼 수가 있어요."

"어떻게 말입니까?"

"예를 들어, 일본 사람들은 에취를 '학션'이라고 하지요. '학션 학션' 이렇게 말입니다. 그리고 미국 사람들은 '아타츄우 아타츄우' 한답니다."

"하하하! 아타츄우요? 그럼, 유럽 쪽에선 재채기를 어떻게 합니까?"

"그건 모르겠습니다. 아무튼 민족에 따라서는 귀도 다른가 봅니다. 오늘 아침에 우리가 삶아 먹은 수탉 소리만 해도 우리 한국 사람 귀엔 '꼬끼오'로 들립니다."

"그런데요?"

"서양에서는 '쿠쿠 두들두'하지요."

"서양 수탉은 고생 좀 하겠소이다. 그렇게 어렵게 울려면 말이오."

"아마 그럴 겁니다. 그나저나 오늘은 저도 두통이 나서 수영하러 못 가겠습니다."

그러자 이번엔 보연이가 눈을 반짝이며 두통에 더할 나위 없이 좋은 약을 자기가 알고 있다고 말했다.

"무슨 약인데?"

"두통에는요, 그저 비둘기 고기가 최고라고 들었어요. 마침 보라가 비둘기를 한 마리 가져왔으니까요, 그걸 포옥 고아서 삼베에 꼭 짜 가지고 약간 소금 간을 한 다음……."

"누나!"

보라가 씩씩거리며 보연이를 노려보았다.

"호호호!"

난희 아버지는 모르는 척 시치미를 떼고 보연이 말에 맞장구를 쳤다.

"글쎄다. 보연이가 요리해 준다면 한번 먹어 볼까?"

"네, 맛있게 요리해 드릴게요. 호호호!"

수영을 한다 안한다 실랑이 끝에 결국 보라 아버지와 난희 아버지는 바둑을 두러 가고, 기사 아저씨는 혼자 낚시를 하러 가고, 아이들은 자유 시간을 갖게 되었다.

"보라야, 너 거기서 뭐하니?"

석두가 닭장 속에 들어가 있는 보라를 보고 물었다.

"비둘기가 위험할 것 같아서 닭장 속에 감추어 두려고."

"아무리 보연이가 비둘기를 삶아 내놓을까?"

"그래도 또 모르지, 뭐."

"애초에 네가 잘못한 거야. 공연스레 고양이 얘기를 꺼내어 보연이를 건드렸잖아. 그러니 보연이도 심술이 나서……."

"그렇지만 그래도 괘씸해. 감히 내 비둘기로 요리를 하겠다고 설치다니. 따끔한 맛을 한번 보여줘야지 안 되겠어."
"어떻게?"
"석두 형, 형네 아버지가 쓰시는 물감 있지? 그거 나 좀 빌려 줘."
"빌려 주는 건 어렵지 않지만 그걸로 뭘 하게?"
"보디 페인팅을 하는 거야."
"보연이한테?"
"아니, 고양이한테."
"하하하! 그거 재밌겠다."
"고양이 눈에다 안경도 그리고, 온몸에다 줄무늬를 그려서, 호랑이 새끼처럼 만들어 놓는 거야."
"하지만 난 책임 안 진다."
석두는 보연이랑 원수지간이 되는 건 꿈속에서도 상상할 수가 없었다.
"염려 마. 말썽이 나면 내가 다 책임질게. 형은 물감만 갖다 주면 돼."
"알았어. 그럼 기다려."
잠시 후, 고양이 오누는 멋진 새끼 호랑이가 되어 있었다. 짓궂은 남자 아이들 손에서 버둥거리던 고양이는 온 몸의 물감칠이 끝나자, 악몽과 같은 순간에서 벗어나 자기를 가장 귀여워하는 보연이를 찾아 그 품으로 잽싸게 뛰어들었다.

"으악!"

그러나 보연이는 느닷없이 뛰어든 괴물에 자지러지게 놀라 고양이를 집어던졌다.

야옹야옹!

"어머, 오누구나? 오누야, 네가 이게 무슨 꼴이니? 물감을 뒤집어쓰고……, 온몸이 끈적거리고……."

그제야 겨우 사태를 파악해 낸 보연이는 분을 이기지 못해 얼굴이 붉으락푸르락해지더니 난희 아버지한테 달려갔다.

"아저씨, 금화백 아저씨!"

그러나 난희 아버지는 한창 불이 붙은 바둑에 취해, 보연이는 거들떠보지도 않고 건성으로 대꾸할 뿐이었다.

"왜 그러니? 은사장, 요거 한 수만 무릅시다."

"말도 안 됩니다. 명색이 내기 바둑인데 무르다니, 천만의 말씀입니다."

보연이는 다시 안타깝게 말을 걸었다.

"아저씨, 그림 물감은 뭘로 닦으면 지워져요?"

난희 아버지는 여전히 무관심하게,

"그림 물감은 뭘로 닦으면 되냐고? 은사장, 아무래도 요거 한 점만 물러야 되겠소이다."

"허어! 몇 번을 말해야 알아듣겠소. 난 절대로 그럴 수 없소이다."

"자, 이거 일이 곤란하게 됐는걸."

보연이는 거의 울상이 되어서 말했다.

"그래요, 아저씨. 정말 곤란하게 됐단 말이에요. 우리 오누가요……."

"허어, 이거 바둑 두던 양반 어디 갔나?"

기다리다 지친 보라 아버지가 의기 양양하게 난희 아버지를 재촉했다. 그러자 그때까지 두 아저씨가 두는 바둑을 구경하고 있던 찬식이가,

"앗, 아저씨! 좋은 수가 있어요. 여기다 한 점 놔서 이걸 끊어 버리면 돼요."

하고 훈수를 했다.

"응? 그렇지! 그거 참 묘순데. 자요!"

난희 아버지는 금방 생기를 되찾아 딱 소리가 나게 바둑알을 놓았다.

"어?"

졸지에 역습을 당한 보라 아버지는 훈수를 둔 찬식이를 나무랐다.

"찬식아, 어른들 바둑 두시는데 왜 쫄래쫄래 쫓아와서 감이야 밤이야 끼어드는 거냐?"

"에이, 아저씨도! 관객이 없으면 시합이 싱거워지잖아요."

"구경을 하려면 입은 다물고 잠자코 있어야지, 훈수는 왜 해?"

"바둑 구경은 훈수 맛에 하는 거 아니에요? 너무 화내지 마세요, 아저씨."

그러자 난희 아버지가 보라 아버지에게 공연스레 찬식이만 야단칠 게 아니라 빨리 바둑이나 두라고 은근히 약을 올렸다.

"이길 가망이 없으면 일찌감치 포기하시든지요."

보라 아버지가 곤경에 빠져 이러지도 저러지도 못하고 있자,

"아저씨, 이렇게 하시면 돼요. 이렇게요."

하고 찬식이가 이번에는 아예 자기가 직접 바둑알을 들어 보라 아버지 대신 놓아 주었다.

"음? 그것 참 묘수다. 됐어. 허허! 금화백, 두시지요."
이제는 입장이 바뀌어, 난희 아버지가 찬식이를 꾸짖었다.
"찬식아, 아까 보라 아버지께서 구경만 하랬지 누가 훈수를 하라고 그랬냐?"
그러자 옆에서 안절부절못하고 있던 보연이가 '아이 참, 난 몰라, 몰라'하며 나가 버렸다.
"은사장, 보연이가 왜 저럽니까?"
"낸들 알겠소? 보연이 걱정은 마시고 바둑이나 후딱 두시구려."
방에서 나간 보연이는 석두를 찾았다.
"석두야, 나 좀 살려…… 아니, 고양이 좀 살려 줘."
"왜 그래?"
"이것 좀 봐. 우리 오누가 이 꼴이 됐어."
"음? 누가 이딴 장난을 했어?"
"뻔하지 뭐. 보라 아니면 누구겠어?"
"보라가?"
석두는 아무것도 모르는 척,
"내가 혼 좀 내줘야겠군."
하며 자기 입장이 곤란해지기 전에 그 자리를 피하려 했다.
"아이, 어딜 가? 지금은 그런 게 문제가 아니야. 그림 물감이 말라붙기 전에 빨리 지워야 해."

"전기 세탁기에 넣어서 한바탕 신나게 돌려 줄까?"
"농담 마. 지금이 농담할 때야? 그것보다 샴푸로 목욕 시킬까?"
"어림도 없어. 휘발유로 목욕시키면 모를까."
"휘발유 어딨어? 좀 줘, 닦아 보게."
석두가 아버지의 작업실에서 휘발유가 든 병을 가져왔다.
"고양이가 꼼짝 못하게 꼭 좀 잡아 줘."
"할퀴지 않을까?"
"고무 장갑을 끼고 잡으면 돼."
아까는 보라가 고양이에게 물감칠을 하는 걸 도와 주었던 석두가 이번엔 보연이가 물감칠을 지우는 걸 도와 주게 되었다.

동구 밖 과수원 길

"히히히! 이번엔 금화백 아저씨 차례다."
 고양이를 호랑이로 탈바꿈시켜 놓아 보연이에게 충분한 복수를 한 보라는, 다음 복수 상대로 난희 아버지를 지목했다.
 "금화백 아저씨는 왜?"
 명호가 이유를 몰라 했다.
 "생각해 봐. 내 비둘기를 잡아 잡수시겠다고 하셨잖아. 날 약오르게 하셨으니까 아저씨도 약이 좀 오르셔야지."
 "어떻게 할 거니?"
 "우선 연탄을 곱게 빻아서 가루를 만드는 거야."
 "그걸로 뭘하려고?"
 "그걸 바둑돌 통에 슬그머니 넣어놓는 거야. 금화백 아저씨가 검은 돌을 잡고 계시잖아."
 "하하하! 그거 재밌겠다. 우리 당장 착수하자."
 연탄광에 가서 연탄을 한 장 꺼내어 곱게 빻아 가루를 만든 보라와 명호는 난희를 불러 참외 좀 깎아 달라고 했다.

"참외는 왜?"

"넌 왜 여자애가 그렇게 눈치 코치가 없냐? 니네 아버지랑 우리 아버지가 바둑 두고 계시는데 참외 좀 깎아서 갖다 드리면 좀 좋냐?"

"어머머! 네가 웬일이니? 그런 마음 쓸 줄도 알고."

"이거 왜 이래."

"암튼 감격했다, 나. 알았어. 곧 깎아 올게."

난희가 참외를 깎아 접시에 담자, 보라는 굳이 자기가 가져다 드리겠다고 고집을 부렸다. 난희는 오늘은 별일 다 보겠다며 보라를 한참이나 빤히 쳐다보았다.

보라는 참외 접시를 들고 어른들이 바둑을 두는 방으로 들어갔다.

"참외 좀 드세요."

"어, 고맙다. 거기 두고 나가거라."

"은사장, 그만 기권을 하시지. 더운데 진땀 흘리지 마시고."

보라는 무사히 작전을 달성하고 방에서 나왔다.

"아저씨, 포기하시는 건 아직 일러요. 이걸 말이에……."

찬식이가 또 보라 아버지에게 도움을 주려 하자, 난희 아버지는,

"이 녀석! 아직도 가지 않고 거기 있었구나."

하고 찬식이의 입을 막아 버렸다.

"은사장, 속 고만 태우시고 참외나 한 쪽 드시지요."

난희 아버지는 보라 아버지의 관심을 돌리려고 은근히 참외를 권했다.

"네. 하지만…… 찬식아. 뭘 어떻게 하라고?"

"이 집 있잖아요. 그걸 있잖아요. 여기서 끊어 가지고요."

찬식이가 난희 아버지 눈치를 슬금슬금 보아 가며 훈수를 두다가,

"어? 아저씨! 그 참외가 왜 새까맣죠?"

하고 소리쳤다.

"하하하, 금화백. 손까지 까맣구려."

"원 이런! 날씨가 하도 후텁지근하니까 바둑돌까지 녹아내리나 보외다."

"아무리 더워도 설마 하니 돌까지야 녹겠소. 금화백이 너무 조바심 내느라 바둑돌을 만지작거리니까 돌에서 물이 빠지는가 보오."

"염색한 돌이 아니외다."

"하하하! 금화백, 손으로 콧등을 만지셨는지 강아지처럼 코끝까지 새까맣게 되셨소이다."

"네에? 찬식아, 가서 거울 좀 가져오너라. 이거야 원, 어찌 된 일인지 모르겠구나."

"네."

그때, 또 보연이 쪽에서 한바탕 소동이 벌어졌다. 불과 몇 분 사이에 두 번씩이나 수난을 당하게 된 고양이가 드디어

참지 못하고 석두의 손에서 빠져 나와 성질을 부리기 시작한 것이다. 신경질이 잔뜩 난 고양이는 닥치는 대로 할퀴고 야옹거리고 이리저리 날뛰었다.

"어머 오누, 오누야. 착하지, 이리 온."

보연이가 달래고 석두가 잡으려고 다가갔지만, 한 번 화가 난 고양이는 막무가내였다.

양쪽에서 동시에 소동이 일어나자, 보라는 명호를 데리고 나갔다.

"우린 잠시 피신해 있는 게 좋겠다."

"그래야 할 것 같다. 하지만 어디로 가지?"

"나만 따라와."

밖으로 나가던 보라와 명호는 난희와 마주쳤다.

"난희야, 마침 잘 만났다."

"왜?"

"이 근처에 안전한 휴식처가 없을까?"

"휴식처가 아니라 은신처겠지."

"휴식처나 은신처나 다를 거 없어."

"왜 다르지가 않니? 은신처는 도망 가 숨는 곳이야."

보라는 난희의 머리를 가볍게 한 대 쥐어박으며 씩 웃었다.

"요런 깍쟁이! 다 알고 있었구나."

"호호호! 왜 몰라? 양심이 있음 가슴에 손을 얹어 놓고 반성 좀 해."

난희의 한가한 소리에 옆에 서 있던 명호가 애가 타서 말했다.

"난희야, 지금은 긴급을 요해. 늑장 부리고 있을 때가 아니라고."

"알았어. 과수원이 좋겠어."

"좋지! 먹을 것도 많을 거고."

"명호는 먹는 것밖에 모르더라. 실컷 먹어라. 참외, 수박, 옥수수, 감자, 없는 게 없어. 벌통이 있으니까 꿀도 얼마든지야. 원두막에서 시원한 수박에 꿀을 타서 먹는 맛은 정말 일품이다."

"그래? 명호야, 너 살금살금 방에 들어가서 모기향 좀 가져와라."

보라가 느닷없이 모기향을 찾았다.

"모기향은 왜? 원두막에서 자고 내일 오려고?"

"아니. 내게 다 생각이 있어서 그래. 빨랑!"

"알았어. 먼저 가면 안 돼."

그러나 모기향을 가지러 별장 안으로 들어간 명호는 좀처럼 돌아오지 않았다.

"명호가 왜 안 올까?"

난희가 걱정을 했지만, 보라는 태평이었다.

"이제 오겠지, 뭐."

"혹시 붙잡힌 건 아닐까?"

"걔가 얼마나 약삭빠르다고. 그럴 염려는 없어. 아, 저기 온다."

명호가 땀을 뻘뻘 흘리며 씨근벌떡 달려왔다.

"가져왔니?"

"그럼. 그리고 혹시 필요할지 몰라서 성냥도 가져왔어."

"넌 머리가 잘도 돈다. 그쪽 형편은 어떠니?"

"고양이를 잡느라 난리굿이야. 금화백 아저씨가 그리다 둔 작품이 엉망이 됐고, 방에 세워 둔 병풍이 부서지고."

"어머, 그 병풍은 외할아버지가 끔찍하게 아끼시는 건데."

"보라, 너희 아버지가 널 찾고 계셔. 더 이상 두고 볼 수 없다고 노발대발 여간 역정이 나신 게 아니더라."

"이거 안 되겠다. 한시라도 지체할 수 없어. 빨리빨리 가자. 난희야, 길 안내 좀 해라."

보라와 명호, 난희는 자꾸 불안해지는 기분을 돌리기 위해 '과수원 길'을 합창하며 걸었다.

"동구 밖 과수원 길

아카시아 꽃이 활짝 폈네

하얀 꽃 이파리

눈송이처럼 날리네

향긋한 꽃 냄새가

실바람 타고 솔솔

둘이서 말이 없네
얼굴 마주 보며 생긋
아카시아 꽃 하얗게 핀
먼 옛날의 과수원 길."

   새들이 지저귀고, 송아지가 음매음매 어미소를 찾는 소리가 귀를 시원하게 해주는 과수원 원두막. 매미도 질세라 시끄럽게 맴맴매앰 꼬리를 길게 끌며 울어 댄다.
   "야! 기막히게 맛있다."
   보라, 명호, 난희는 수박 한 통을 따다가 주먹으로 쪼개 놓고 둘러앉아 먹고 있었다. 더 이상 남 부러울 것 없을 만큼 세 아이는 시원하고 행복했다.
   "양껏 먹었니?"
   난희가 명호에게 물었다.
   "응. 하지만 아까 난희가 말한 꿀 탄 수박 한 통쯤은 더 먹을 수도 있어."
   "꿀이라면 내게 맡겨."
   보라가 쓱 나서며 벌통이 어디 있느냐고 물었다. 난희는 저만큼 보이는 느티나무를 가리키며 그 아래에 있다고 대답했다.
   "음. 그럼 그 벌통을 향해 공격을 개시한다. 날 따라와."
   보라가 용감하게 앞장을 섰지만, 명호는 내키지 않는 듯

어물쩍거렸다.

"괜찮을까?"

"괜찮지, 그럼. 난희 외할아버지네 것인데 누가 뭐래?"

"그게 아니라, 벌이 쏘지 않을까 그 말이야."

"벌은 쏘는 게 직업이야. 다소의 위험이야 있겠지만 그 맛없이 무슨 재미가 있겠니?"

"난 벌한테 쏘이는 거 싫어."

"누군 좋으니? 하지만 내게 맡겨 둬."

보라와 명호가 옥신각신하자,

"할아버지가 하시는 걸 보니까, 얼굴에 모기장을 뒤집어쓰고 벌통에 접근하시더라."

하고 난희가 벌꿀 채집 방법을 알려 주었다. 그러나 보라는 고개를 저으며 큰소리 쳤다.

"모기장이 갑자기 어디서 생기냐? 그것보다도 때는 바야흐로 과학 시대. 그런 원시적인 방법 말고도 길은 얼마든지 있어. 먼저 모기향을 피워서 벌통 앞에 갖다 놓는다. 그럼, 그 연기를 맡고 모기들이…… 아니, 벌 떼가 도망친다. 그 사이에 꿀을 슬쩍 실례한다. 어때?"

"만일 벌이 안 달아나면 어쩔래?"

"야, 이제 보니 명호 너도 석두구나."

"내가 석두 형이라니?"

"석두 형이 아니라, 석두. 돌 '석(石)' 자에 머리 '두(頭)' 자,

돌대가리 말이야."

"뭐라고?"

명호와 난희가 동시에 달려들어, 보라를 꼬집고 쥐어박았다.

"아야! 취소, 취소!"

"보라, 너 정말 우리 오빠 이름을 갖고 그럴 수 있어?"

"그러니까 취소라고 했잖아. 그것보다도 모기향 말인데, 그걸 피우면 모기도 달아나는데 벌 따위가 안달아 나고 배겨? 원리는 마찬가지야. 사람의 살을 파고들어서 피를 빨아먹는 모기도 꼼짝 못하는데, 꽃술이나 핥고 다니는 제까짓 벌이 무슨 재주로 안 달아나?"

"그래도 안 달아나면?"

"명호, 넌 왜 그렇게 의심이 많니? 무조건 나만 믿어. 내가 책임질게."

"네가 책임진다는 말은 별로 믿을 게 못 되더라."

명호가 자꾸 모기향의 효능을 의심스러워하자, 보라는 그럼 자기를 못 믿겠으면 모기향을 만들어 낸 현대 문명의 과학 지식을 믿으면 될 거 아니냐고 했다. 명호는 물론 현대 과학을 믿을 수도 있지만, 만약에 그래도 벌들이 도망가지 않으면 어쩌냐고 되물었다.

"그때는 또 비상 수단을 쓰면 돼."

"무슨 수단인데?"

"최면술을 거는 거야. 내가 '얍!'하고 기합을 넣으면 벌 떼가 후두둑후두둑 떨어질 테니 두고 봐."

"보라야, 너 정말 최면술 걸 줄 아니?"

난희가 두 눈이 휘둥그레져서 물었다.

"못 믿겠으면 너한테 한 번 걸어 볼까?"

"싫어싫어. 그러다 아주 죽으면 어쩌게?"

난희는 고개를 설레설레 저으며 뒤로 한 발짝 물러섰다.

"그것 봐. 내 솜씨를 믿으니까 겁을 내는 거 아냐? 하긴 여태껏 짐승이나 곤충에게만 걸어 봤지, 사람에게는 아직 한 번도 써먹지 않았어."

"어떻게 하는 거니?"

"설명을 하자면 길지만, 동작은 아주 간단해. 내가 기합을 넣자마자 꼼짝을 못하게 되거든."

"그럼, 어디 한번 믿어 볼까?"

그제야 명호는 조금 마음이 놓였다.

"하늘처럼 믿어라. 자, 행동 개시다. 난희야, 넌 여기서 수박 쩍쩍 갈라놓고 기다리고 있어. 금방 갔다올게."

난희는 처음엔 보라가 벌들에게 최면술을 거는 걸 보고 싶어 따라갈까 했지만, 곧 마음을 고쳐 먹고 혼자 남기로 했다. 아무리 보라가 문제 없다고 큰소리 치긴 했으나 그래도 의심스러웠기 때문이다.

보라와 명호는 적진을 향해 진격해 들어가는 용사처럼 벌통을 향해 용감히 돌진했다. 사람들이 다가오는 기척에 벌들은 더욱더 윙윙거렸다.

"명호야, 모기향 피웠니?"

"응. 간신히 불을 붙였어."

"그럼, 그걸 살짝 벌통 앞에다 갖다 놔."

"왜 내가 하니? 보라 네가 해."

"야, 난 만약의 사태에 대비해서 최면술 걸 준비를 하고 있어야잖아."

할 수 없이 명호가 모기향을 벌통 앞으로 갖다 놓는 임무를 맡게 되었다. 명호는 잠시 망설이더니, 막대기를 주워 와 모기향을 벌통 쪽으로 살금살금 밀었다.

"야, 그렇게 하다간 하루 온종일 걸리겠다. 육탄 공격을 해야지."

명호는 울며 겨자 먹기 식으로 모기향을 들고 한 걸음 한 걸음 벌통 앞으로 다가갔다. 그러나 가까이 다가가도 벌 떼들은 더욱 윙윙거리며 기승을 부릴 뿐, 달아날 기미조차 보이지 않았다.

"어떻게 된 거야? 달아나질 않잖아."

"아직 모기향을 덜 피워서 그래. 자, 용기를 내서 앞으로 전진!"

그 순간,

"아야!"

명호가 손에 든 모기향을 떨어뜨리며 비명을 질렀다.
"왜 그래?"
"어이쿠!"
"쏘니?"
"쏜다. 아이구야. 모기향으론 효과가 없어. 빨리 최면술, 최면술."
명호는 얼굴을 감싸 쥐고 주저앉아서, 빨리 최면술을 걸라고 소리쳤다.
"알았어, 얍!"
보라가 한 발 앞으로 다가서며 최면술을 걸었지만, 벌 떼들은 후두둑후두둑 떨어지지 않았다. 아니, 오히려 보라를 향해 공격해 들어올 뿐이었다.
"아야! 앗, 따거!"
최면술도 소용 없자, 보라와 명호는 걸음아 날 살려라 하고 달아났다.
"아이구, 아이구!"
"음…… 음……."
신음 소리와 함께 돌아온 보라와 명호를 보고 난희는 자지러지게 놀랐다.
"어머! 얼굴이 왜 그 모양이니?"
"벌, 벌한테 쏘였어."
"뭐라고? 호호호!"

"야, 웃지 말고 부축 좀 해줘!"

보라가 꽥 소리를 질렀다.

"어느 쪽이 보라고, 어느 쪽이 명호니? 도무지 알 수가 없구나. 호호호."

난희는 전에 보라에게 당한 앙갚음을 했다.

"너 정말 그럴 거야? 남은 다 죽어 가는데."

"호호호. 모기향을 가져갔는데도 벌한테 쏘였어?"

명호가 신경질을 부리며 대답했다.

"시골뜨기 벌이라 모기향 냄새를 한 번도 맡아보지 못했나 보더라. 아이구."

"최면술도 안 들어?"

"시끄러! 촌놈들이라 무식해 놔서 최면술에도 안 걸리더라. 아, 아파!"

"난 또 어디서 화성인이 둘씩이나 나타났나 했지. 그나저나 빨리 가서 치료를 받아야겠다. 둘 다 내 어깨를 짚어."

"어이구야, 어이구……."

"아, 아파 죽겠다아."

보라와 명호가 죽는 시늉을 했지만,

"그까짓 걸 가지고 뭘 그래? 기운을 내. 노래를 부르면서 용감하게 가자."

하고 난희는 저 혼자 재미있어 했다.

"자, 노래 불러. 곡목은 과수원 길. 하나 둘 셋 넷, 시이작!"

천벌을 받은 거야

 별장에서는 난희 아버지가 화가 머리끝까지 나서 '이 녀석들 어디로 내뺐냐'고 노발대발이었다.
 "금화백, 이왕 벌어진 일인데 역정을 내신들 이제 어떡합니까. 도무지 내가 뵐 낯이 없습니다."
 보라 아버지는 쥐구멍이라도 있으면 들어가고 싶은 심정이었다.
 "은사장에게 화를 내는 게 아니외다."
 "물론 그러시겠지만, 우리 보연이가 고양이를 데리고 온 게 애당초 잘못이었고, 또 보라란 녀석이 꾸민 일임에 틀림없으니 내가 면목이 없을 밖에요."
 "그렇지가 않소이다. 이런 일에는 빠지지 않고 반드시 뛰어들어서 한 몫 단단히 거드는 게 우리 난희예요. 아무튼 애들이 있어야 진상을 알 텐데……. 찬식아, 다 어디로들 사라졌는지 너도 모르니?"
 "잘 모르겠는데요. 전혀 아무 말 없이들 갔으니까요."
 난희 아버지는 제 분을 삭이지 못해 부르르 떨더니, 가서 아이들 좀 찾아오라고 찬식이를 내보냈다.
 찬식이가 아이들을 찾으러 나가자, 보라 아버지가 난희 아버지에게 슬며시 말을 걸었다.
 "금화백, 고양이 때문에 온몸이 땀투성이가 됐소이다. 녀석들이 없는 틈에 우리 물 구경이나 하고 옵시다."
 "좋은 말씀이오마는 난 수영은 못합니다."
 난희 아버지가 퉁명스럽게 대꾸했다.
 "나도 역시 맥주병이외다. 퐁당하는 날엔 꼴깍하는. 그러니 수영이랄 것 없이 얕은 데서 멱이나 좀 감다가 돌아옵시다."
 보라 아버지가 자꾸 권하자, 난희 아버지도 못 이기는 척 바다로 나갔다.
 한편, 아이들을 찾으러 나갔던 찬식이는 별장에서 과수원으로 가는 길에서 아이들과 마주쳤다.
 "어? 얘들이 왜 이래?"
 찬식이는 보라와 명호를 번갈아 보더니, 난희에게 물었다.
 "인간하고 벌하고 전쟁을 벌였단다. 얘네 둘은 패잔병이야. 난 덕분에 부상병을 둘씩이나 끌고 오느라 완전히 기진맥진이야. 이제 하나는 네가 맡아."
 "누가 보라고 누가 명혼지 알아야 맡든가 말든가 하지."
 찬식이는 일부러 약올리듯이 말했다.
 "찬식이 너 정말 까불래!"

"어? 네가 보라구나. 목소리를 들어 보니까 알겠다. 근데 왜 느닷없이 벌통을 쑤셔대서 그 꼴이 됐니?"
"쑤셔대긴커녕 건드리지도 않았는데 전투기처럼 덤벼 든 거야. 그나저나 별장은 어때?"
"아주 험악해. 특히 보연이 누나하고 난희 아버지 태도가 이만저만 강경한 게 아니야. 그냥 간단히 넘어갈 것 같진 않아."
"일은 터졌구나, 터졌어."
명호가 후회의 한숨을 푹 내쉬었다.
"하지만 걱정 안 해도 될 거야. 이미 천벌을 받아서 얼굴이 그 모양이 됐잖니."
난희의 천벌 소리에, 보라가 불만스럽게 천벌은 무슨 천벌이냐고 투덜거렸다.
"아니야, 난희 말이 옳아. 고양이는 꼭 보복을 하는 동물이라니까, 우리가 고양이의 원한을 사서 이렇게 된 걸 거야."
"명호, 너 말 다 했어?"
보라가 벌컥 성을 냈다.
"다 했다. 어쩔래?"
명호도 지지 않고 맞섰다.
"난희야, 찬식아, 가자. 명호 꼬라지 보기도 싫다."
"저는 어떻고. 거울이나 보고 말해."
보라와 명호 사이가 험악해지자, 난희와 찬식이는 지금은

싸울 때가 아니라 빨리 집으로 가서 치료를 받는 게 중요하다며 두 아이를 재촉해 별장으로 갔다.
"누나……."
"어머! 너 보라구나 그런데 어쩌다 이렇게 됐니?"
"넌 누구냐? 돼지감자처럼 생겼는데?"
"석두 형, 놀리지 마."
"으응, 명호구나. 니네들 싸웠니?"
"싸운 게 아니라요……."
찬식이가 설명해 주려 했지만, 보라가 옆에서 얼른 입을 틀어막으며 아무 소리 말라고 했다. 그 틈에 난희가 재빠르게 말했다.
"벌한테 쏘였어요."
"어머! 벌한테 쏘였으면 피부에 독침이 박혀 있겠구나. 빨리 수술을 해야겠어."
보연이가 석두에게 눈을 찡긋해 보이며 말했다.
"석두야, 해부기 있지? 그걸 소독해 가지고……."
"으악! 난 싫어. 절대 못 해."
"나도요, 누나. 나도 이대로 죽으면 죽었지 수술은 절대 싫어요."
보라와 명호는 기겁을 하고 꽁무니를 빼려 했다.
"후후! 겁도 많다. 수술이라지만, 돋보기로 들여다보면서 핀셋으로 침을 뽑아 내고 암모니아수를 바르기만 하면 되는 건데 뭘."

"아휴! 난 또……."

보라는 안심을 했지만,

"그래도 쓰릴 텐데……."

하고 명호는 망설였다.

"그쯤은 각오를 해야지 어떡하니?"

"그런데 누나, 아버진 안 계셔?"

"응. 널 혼내 주시겠다고 내내 벼르시다가 좀전에 금화백 아저씨하고 바다로 나가셨어."

"어머, 아버지가 바다로 나가셨어? 어디, 내가 한번 나가서 살펴봐야지."

난희는 어른들의 수영 실력을 조사해 볼 좋은 기회라며 바다로 나갔다. 보라는 쪼르르 달려나가는 난희의 등에다 대고 크게 소리쳤다.

"난희야, 말하면 안 돼. 말하면!"

바닷가는 원색의 수영복을 입은 사람들로 붐볐다. 모래성을 쌓는 사람, 부드러운 백사장에서 축구를 하는 사람, 물장구를 치며 헤엄을 치는 사람 등 저마다 즐거운 시간들을 보내고 있었다.

"한바탕 멱을 감았더니 시원하구려."

"진작에 바다로 나올걸 그랬소이다. 이젠 느긋하게 모래찜질이나 할까요?"

"하지만 마냥 여유를 부릴 순 없어요. 언제 아이들이 들이 닥칠지 모르니까요."

보라 아버지와 난희 아버지가 바다에서 백사장으로 걸어 나오는데, 저쪽에서 난희가 뛰어왔다.

"이크? 우리 난희가 옵니다. 우리가 물 속에서 멱 감는 걸 봤으면 어쩌지요?"

"저렇게 멀리 있는데 봤을 리가 있습니까? 걱정 마십시오."

어른들 앞으로 뛰어온 난희는 숨이 차서 헉헉거리는 목소리로, 자기가 심판을 볼 테니까 두 분이서 수영 시합을 해 보라고 졸랐다.

"수영 시합은 무슨……."

"아이, 한번 해보세요. 네?"

"어허, 참! 나중에, 나중에."

"나중에 언제요?"

난희가 자꾸 다그치자, 보라 아버지와 난희 아버지는 더욱 난처해졌다. 그러나 곧,

"어? 그러고 보니, 너 어디 갔다 이제 왔니?"

하고 잠시 잊고 있었던 문제를 생각해 냈다.

"과수원예요."

"우리 보라도?"

"네. 명호까지 셋이서 과수원에 갔다가 둘은 지금 별장에 있어요."

"금화백, 빨리 돌아갑시다. 녀석들이 또 자취를 감추기 전에 단단히 혼을 내줘야겠습니다."

"네, 그럽시다. 그냥 내버려 뒀다가는 나중에 무슨 일을 또 저지를지 걱정입니다."

"아저씨, 그리고 아버지. 그냥 용서해 주실 수 없으세요?"

"그건 안 돼. 이번 기회에 못된 장난하는 버릇을 고쳐 놔야지……."

"따로 야단치지 않으셔도 벌써 혼들이 났어요."

"누가 혼을 내줬기에?"

"과수원에서 벌통을 뒤지다가 벌 떼한테 쏘여서 거의 반죽음을 당했어요. 그래서 지금 피부병 앓는 화성인 꼴이 돼가지고 보연이 언니한테 또 한 차례 당하고 있는걸요."

"당하다니? 어떻게?"

"수술을 받고 있어요."

"하하하! 그것 참 고소하다."

난희 아버지는 통쾌해 했지만, 보라 아버지는 여간 마음이 아프지 않았다. 여태까지의 마음은 어느새 사라져 버렸다. 보라 아버지는 걱정스러운 얼굴로 별장을 향해 성큼성큼 걸어갔다.

하지만 별장에는 보연이와 석두뿐이었다. 아이들은 어디 갔느냐는 어른들 물음에 보연이와 석두는 배를 잡고 웃기부터 했다.

"바다에, 바다에 갔어요. 호호호!"

"아니, 애들이 허파에 바람이 들었나, 왜 실없이 웃고 그래?"

"그게 아니라, 생각해 보니까 또 우스워서……. 호호호!"

보연이와 석두가 웃는 데에는 그만한 까닭이 있었다. 아까 난희가 바다로 나간 뒤, 보연이는 두 남자아이를 수술했는데…….

"아야! 자꾸 따끔거려."

"아파도 참아. 개구쟁이짓 할 때는 그 정도의 각오는 했어야지."

"아야! 좀 살살해, 누나."

"살살하는 거야. 이제 조금만 있으면 시원해질 거야."

"시원해지는 건 바라지도 않아요. 쓰라리지만 않았으면 좋겠어요."

"쓰라린 것도 잠시뿐이야."

"또 뭐하는 거야?"

보연이는 달걀 노른자에 밀가루 반죽을 해서 아이들 얼굴에다 골고루 펴 발랐다.

"이렇게 마사지를 해야 부은 게 가라앉지. 호호호."

"왜 웃어? 기분 나쁘게."

"하하하!"

"석두 형은 또 왜 웃어?"

"얀마, 내가 내 입 갖고 맘대로 웃지도 못하냐?"
"보연이 누나, 피부가 막 땡기는데요."
얼굴 전체에 밀가루 반죽을 덕지덕지 바르고 난 명호가 하소연했다.
"그게 낫는다는 증거야. 조금 있다 바다로 가서 소금물로 말끔히 씻어 내면 감쪽같이 낫게 돼. 호호호."
"하하하! 그대로 기름에 튀겨 내면 튀김이 되겠는걸."
"호호호!"
보연이와 석두는 터져 나오는 웃음을 참지 못했다. 그 웃음 소리에 보라가 분개해서 소리쳤다.
"웃지 마! 내가 꼭 복수해 줄 거야. 명호야, 바다로 가서 씻어 버리자."
 그렇게 해서 보라와 명호는 찬식이와 함께 바다로 나간 것이다.
 "보연아, 넌 동생이 그렇게 됐는데 웃음이 나오니?"
 "걱정하지 마세요, 아버지. 생각보단 괜찮은 편이에요."
 "그렇다면 다행이다만……"
 "은사장, 이젠 마음 턱 놓고 시원하게 한 잔 합시다."
 "그거 좋지요. 보연아, 안주 할 것 좀 마련해 와라."
 "네, 아버지."

보물섬에 갇히다

 사포 해수욕장에서 보내는 하루하루는 서울의 하루보다 빨리 지나갔다. 그만큼 유쾌하고 즐거운 시간을 보내고 있기 때문이다.
 아침 식사 후, 보라 아버지와 난희 아버지는 차를 마시며 담소를 나누었다.
 "은사장, 신문에서 보니까 금값이 올랐더군요."
 "놀랐소이다. 예술가 어른이 금시세에까지 관심이 있으니 말이오. 하지만 물가란 본디 오르락내리락하는 거지요."
 "하하하! 경제 동향에 관심이 있어서가 아니라, 내 성이 금씨라서 그런지 금값이 떨어졌다고 하면 웬지 기분이 좀 언짢더군요. 그런 의미에서, 알섬의 금이 풀려나면 큰일이지요. 그야말로 금값이 뚝 떨어질 테니까요."
 "그게 무슨 말씀입니까?"
 "저기 보이는 저 알섬이 황금의 보물섬입니다."
 보물섬이란 소리에 옆에서 과일을 먹고 있던 아이들이 귀를 쫑긋 세우고 어른들 곁으로 바싹 다가왔다.

"네에? 그게 무슨 말씀입니까? 자세히 좀 들어 봅시다."
보라 아버지도 궁금한지 뒷이야기를 재촉했다.
"저 알섬은 본디 무인도지요. 사람이 살지 못하는 작은 섬이외다."
"그런데 어째서 보물섬이라고 하지요?"
"거기엔 까닭이 있소이다. 벌써 삼십 년 전인데요. 8·15를 전후해서 일본군이 도망을 치면서 알섬에다 벽돌 덩어리만 한 금괴를 수도 없이 감춰 놓고 갔다지 뭡니까."
"원 저런! 그래서요?"
"그것뿐입니다. 말 다 했소이다."
"싱겁군요."
"싱거워도 할 수 없어요. 단지 전해 내려오는 이야기뿐이고, 아무도 본 사람은 없으니까요."
"그렇다면 아무도 확인해 보러 가지도 않았나요?"
"왜요. 장인 어른 말씀이 일확 천금을 꿈꾸는 사람들이 몰려들어 샅샅이 뒤졌지만 허탕이었다던걸요. 해방 뒤 한 몇 년 그렇게 알섬으로 몰리더니, 그 후론 그저 옛 이야기로만 전해져 온답니다."
"금이란 자기하고 인연이 없는 사람 눈엔 띄지 않으려고 숨어 버리는 법이지요."
"야, 신난다! 보라야, 찬식아, 우리 보물섬 탐험 떠나자!"
그때까지 숨 죽여 듣고 있던 명호가 신이 나서 떠들어

댔다.

"명호야, 욕심 작작 부려. 세상 일은 네 생각대로 되는 게 아니야."

"석두 형은 꼭 몇십 년 산 어른같이 말하네."

"몇십 년 안 살았어도 그 정도는 알아. 다 실생활에서 겪고 느낀 일이지."

"어떻게 겪고 느꼈는데?"

보연이가 살짝 웃으며 물었다.

"가령 말이야, 예습을 충분히 해 간 날에는 아무리 손을 들어도 선생님이 지명을 안 하셔."

"그건 네 말이 맞아. 영어도 예습을 못해 간 날엔 꼭 '은보연, 그 다음부터 읽어.' 하신단 말이야."

보연이가 석두 말에 동감을 표시하며 고개를 끄덕끄덕 했다.

"그건 자신 있는 얼굴과 자신 없는 얼굴이 겉에 드러나기 때문이다."

난희 아버지가 그 까닭을 설명해 주었다.

"정말 그런가봐요, 아저씨. 숨도 크게 못 쉬면서 곁눈으로 힐끗 선생님을 훔쳐 보면, 선생님도 어느새 저를 보고 계시다가 '은보연'하고 지명을 하시거든요. 아주 야속할 지경이에요."

"그러니까 선생님이지. 게으름뱅이를 지적해서 혼내 주는 게 교육이니까."

난희 아버지와 아이들이 학교에서 겪는 일로 이야기꽃을 피우고 있을 때, 보라 아버지가 슬그머니 일어서며 보라에게 따라 나오라는 눈짓을 했다.

보라 아버지가 먼저 밖으로 나오고, 곧이어 보라가 뒤쫓아 나왔다.

"아무도 눈치 채지 못했지?"

"네. 전부들 이야기에 정신이 팔려 있어서요. 근데 왜 그러세요, 아버지?"

"보라야, 지금부터 너하고 나하고 알섬으로 가는 거다."

"알섬으로요?"

"그래. 하늘이 인도하사 우리 부자에게 행운을 주시려는 기회를 놓칠 수야 없지."

"단순히 전해져 내려오는 얘기라잖아요."

보라가 시큰둥한 반응을 보이자, 아버지는 정색을 하고 말했다.

"단순한 이야깃거리일 수도 있지만, 그렇지 않을 수도 있어."

"많은 사람들이 찾아 나섰지만 허탕만 쳤다지 않아요?"

"사람 나름이다. 나는 금을 알고, 금도 나를 안다. 한평생 금만을 다루고 살아온 내 머리는 황금 탐지기 기능을 갖추고 있지. 꼭 성공할 테니 주저 말고 어서 가자. 알섬의 황금이 우리를 기다린다."

보라는 그래도 마음이 내키지 않았다.

"하지만, 거기까지 어떻게 가요?"

"배를 한 척 빌려서 우리 둘이 노 저어 가면 된다."

"위험할 텐데요."

"호랑이굴에 들어가지 않고는 호랑이 새끼를 얻지 못하는 법. 다소의 위험이야 무릅써야지 어쩌겠니. 안 그러냐?"

"그건 그래요."

"그럼, 두말하지 말고 떠나자."

"네. 그럼, 비둘기를 가지고 가요. 무슨 일이 생길지도 모르잖아요."

배는 쉽게 빌릴 수가 있었다. 보라와 아버지는 배에 올라타고 알섬으로 향했다. 바로 눈앞에 보이는 섬이건만, 막상 노를 저어 가 보니 꽤 멀리 떨어져 있었다.

"하나 둘! 하나 둘! 아, 힘들다."

처음에는 힘차게 노를 젓던 보라 아버지의 손놀림이 점점 더디어져 갔다.

"아버지, 제가 할까요?"

"아니다. 꼼짝 말고 앉았거라. 배가 기울면 위험하니까. 하나 둘! 하나 둘!"

"물이 소용돌이쳐요. 조심하세요."

"알았어. 그래도 이제 다 왔는걸, 뭐."

알섬 가까이는 제법 물살이 셌다. 몇 번 고전을 한 끝에, 보라 아버지는 배를 무사히 섬에 댈 수가 있었다.

"잘 내려라. 덤비지 말고 살살."

보라는 배에서 뭍으로 가뿐히 뛰어내렸다. 배에서 내린 보라와 아버지는 배가 떠내려가지 않게 밧줄을 돌부리에 단단히 잡아맸다.

알섬은 물새 우는 소리와 파도 소리뿐, 인기척이라고는 전혀 없었다.

"너무 조용하니까 어쩐지 무시무시하네요."

보라는 약간 으스스한 기분이 되었다.

"보물섬이란 이런 거야. 아메리카 대륙을 발견한 콜럼버스의 기분이 아마 지금의 내 기분이었을 거다."

"저는 왜 그런지 무인도에 표류한 로빈슨 크루소 같은 기분인데요."

"애두 원, 방정맞은 소리만……."

끼룩끼룩 끼익끼익 끼룩!

사람 기척에 놀라 해변에 앉아 있던 물새들이 요란한 소리를 내며 날아올랐다.

"저게 무슨 소리지요?"

보라가 겁에 질려서 아버지 팔을 꽉 잡았다.

"새, 새다. 새 소리야. 용기를 내라."

그렇게 말하는 보라 아버지의 목소리도 떨리고 있었다. 그

보물섬에 갇히다 135

때, 또 이상한 새 소리가 귀를 때렸다.
"아이쿠! 저건 또 뭐냐?"
이번에는 아버지가 먼저 놀랐다.
"역시 새예요. 어마어마하게 큰 새예요. 아버지, 뱀은 없을까요?"
"재, 재수 없는 소리 고, 고만 해라."
"오지 말걸 공연히 왔나 봐요."
보라는 완전히 기가 죽어 두려움에 떨었다.
"사내 녀석이 웬 겁이 그리 많아? 용기를 내라, 나처럼."
"용기를 내라면서 아버진 왜 떨고 계세요?"
보라의 말대로, 보라 아버지는 아까부터 사시나무 떨듯 와들와들 떨고 있었다.
"이건 떠는 게 아니야. 너무나 기뻐서 흥분 때문에 몸이 저절로 흔들리는 거라고."
"아버지!"
보라가 청승맞게 아버지를 불렀다.
"갑자기 어머니가 보고 싶어요. 눈앞에 자꾸만 떠오르는 걸요."
"야, 이 겁보야!"
아버지는 보라를 보고 이렇게 큰소리를 쳤지만 곧,
"하긴 나도 생각이 안 나는 건 아니다마는……. 보연이는 지금쯤 뭘 하고 있을까?"

하고 보라처럼 풀이 죽은 목소리로 말했다.
"우릴 찾고 있겠죠 뭐. 아버지, 보물섬이고 금괴고 다 단념하고 그만 돌아가요. 그런 거 없어도 우린 부자잖아요."
"내 맘 같아선 이 알섬을 한 바퀴 유유히 돌아보고 싶지만 네가 그렇게 무서워하니, 어쩌면 좋을지 모르겠구나."
보라 아버지도 돌아가고 싶은 마음이 굴뚝 같았으나, 차마 체면상 얼른 그러지 못하고 짐짓 망설이는 척했다.
그때, 바람에 움직이는 나뭇잎 소리가 우수수 들려 왔다.
철썩 좌르르르!
세찬 파도 소리도 자꾸 심상치 않게만 들렸다.
"가, 가자. 돌아가자."
보라 아버지가 더 이상 참지 못하고 걸음을 돌렸다.
"앗! 아버지!"
보라가 무엇에 놀랐는지 자지러지게 소리쳤다.
"깜짝이야! 좀 조용조용히 말해라. 사람 놀라겠다."
"저, 저기를 보세요."
"뭐 말이냐?"
보라는 바다 쪽을 손가락으로 가리켰다.
"저, 저거 말이에요."
"아, 아니! 저건 우리가 타고 온 거룻배가 아니냐!"

"네, 우리 배예요."

보라와 아버지는 해안을 향해 있는 힘을 다해 뛰었다. 그러나 배는 이미 저 멀리 기웃기웃 바다 한가운데로 떠내려가고 있었다.

운전사 아저씨의 활약

"보라야아!"
"보라 아버지이!"

사포 해수욕장에서는 금화백과 아이들이 둘씩 짝지어 행방불명된 보라 아버지와 보라를 찾아다니고 있었다.

"과수원에는 없어요."

보연이가 석두와 함께 돌아와 울상이 되어 말했다.

"음, 바닷가에도 안 뵈는구나."

해안 수색을 담당한 난희 아버지와 난희도 난감한 표정이 되었다. 그때 시장과 주차장 쪽을 맡은 명호와 찬식이가 달려와 그곳에도 역시 없더라고 보고했다.

"아무래도 알섬으로 가신 것 같아요."

석두가 말했다.

"글쎄다……. 은사장이 거길 왜 갔겠나?"

"아버진 가끔 엉뚱한 일을 잘하세요."

보연이가 울먹거리며 난희 아버지를 쳐다보았다.

"우리 이러고 멍청히 서 있을 게 아니라, 한 번 더 불러 보

자. 하나, 둘, 셋."
"보라야아! 보라야아!"
"정말로 알섬에 갔다면 들릴 리 없어요."
"명호야, 너 망원경 어쨌니?"
"별장에 두고 왔어요, 아저씨."
"가서 가져오너라."
"아무리 망원경이라도 알섬까지는 보이지 않을 거예요."
"어쨌든 가져와 봐."
 난희 아버지는 물에 빠진 사람이 지푸라기라도 잡는 심정으로 말했다.
"난희야, 이기사는 어디 있니?"
"저기요. 바위 끝에서 낚시질하고 있어요."
"그래? 그럼 우리 그리로 가보자."

 사포 해수욕장에서 사람들이 이렇게 보라 아버지와 보라를 크게 걱정하며 찾아 헤매고 있을 때.
"사람 살려요!"
"누구 없어요!"
 알섬에서는 보라 아버지와 보라가 목이 쉬도록 구조 요청을 하고 있었다.
"보라야, 난 이제 지쳤다."
 보라 아버지는 모래밭에 털썩 주저앉았다.

"안 돼요, 기운을 내셔야지요. 한 번만 더 불러 봐요."
"소용 없대도."
"그럼, 어떡해요?"
"할 수 없어. 운명에 맡기는 수밖에."
"에이 참, 그러기에 제가 뭐랬어요! 허황된 꿈은 버려야 한댔잖아요."

보라가 아버지 곁에 퍼질러 앉으며 투덜거렸다.
"이제 와서 그런 말 하면 뭘 하니."
"아버진 욕심이 너무 많으세요."
"할말없다. 어, 추워."

보라는 기가 막히다는 듯 아버지를 쳐다보았다.
"이렇게 더운데 추우세요?"
"음, 자꾸만 떨려. 마리아에 걸렸나봐."
"마리아가 아니라 말라리아예요."
"음, 그 말라리아."
"아니에요. 어젯밤 드신 약주가 이제야 깨시는 걸 거예요. 아버지가 그러셨잖아요. 술을 마시면 몸에 열이 막 나고 덥다가 깰 때면 추워진다고요."
"배도 고프구나."
"아침 드신 지 얼마 지나지도 않았는데, 벌써 시장하세요?"
"음, 춥고 배가 고파. 게다가 졸리기까지 한다. 아함."

"그래도 기운을 내셔야 해요. 주무시면 안 돼요."

"안 나는 기운을 어떻게 끌어내니?"

아버지는 버럭 짜증을 내다가 보라가 가져온 비둘기에 눈이 갔다.

"그 비둘기라도 있으니 다행이다. 여기 이렇게 갇혀 있는 동안 끝까지 버티기 위해선 비둘기라도 잡아먹어야 하니까."

그 순간, 보라가 갑자기 외마디 소리를 질렀다.

"어, 깜짝이야. 왜, 왜 그래?"

보라 아버지는 보라가 소리를 지른 까닭을 몰라 불안해했다.

"아버지, 종이하고 볼펜 있으세요?"

"수첩이 있다. 볼펜도. 도대체 왜 그러느냐? 이거야 원 조마조마해서……."

"그거 이리 주세요. 에스 오 에스를 쳐야겠어요. 아버지, 이젠 살았어요."

"살았다고?"

보라가 기뻐하자, 아버지도 덩달아 기뻐했다.

"네, 아버지. 여기를 무사히 탈출한 뒤엔 지나친 욕심은 버리셔야 해요?"

"오냐. 무사히 돌아가기만 한다면 뭐든지 너 하자는 대로 하마."

"약주도 적게 드신다고 약속하세요."

"하, 하지. 술 같은 거 아주 끊어도 좋다."
"진짜죠?"
"진짜고말고."
"그리고 또 한 가지. 서울에 가서 자전거도 사주시겠어요?"
"그, 그건 안 돼."
보라 아버지는 한길을 바로 걸어다녀도 위험한 판에 자전거를 타고 다니면 너무 위험하다고, 오래전부터 보라가 자전거를 사달라는 부탁을 거절해 왔었다.
"사주세요. 그거 타고 얌전히 학교만 갔다왔다 할게요."
"안 돼. 안 된다면 안 되는 거야."
보라는 아버지의 단호한 거절에 샐쭉해져서 돌아앉았다.
"그럼……, 저도 안 되겠어요."
"뭐가?"
"에스 오 에스요. 그냥 이 섬에서 굶어 죽는 게 나아요. 자전거도 못 탈 바에는."
"아, 알았다. 사주마."
"정말이시죠?"
보라가 반색을 하며 물었다.
"글쎄, 사준다니까."
"맹세하세요."
"매, 맹세한다."
"그럼, 각서를 써 주세요."

"이 녀석아, 부자지간에 각서는 무슨 각서냐. 사나이 대장부의 말 한 마디에는 천금의 무게가."
"그래도 새끼손가락 걸고 약속해요."
보라는 아버지와 새끼손가락을 걸고 단단히 약속한 뒤에야 자기의 계획을 털어놓았다.

"이기사!"
난희 아버지가 아이들을 데리고 헐레벌떡 달려오자, 운전사 아저씨는 깜짝 놀라서 낚시질하던 걸 그만두고 일어섰다.
"무슨 일이 났습니까?"
"일이 나도 이만저만한 일이 난 게 아니네."
난희 아버지가 설명하기 전에, 보연이가 눈물을 글썽이며 말했다.
"아저씨, 아버지하고 보라가 행방불명이 됐어요, 어쩌면 좋아요……."
"행방불명이라니, 그게 무슨 소리냐? 은사장님하고 보라가 납치라도 됐다는 거니?"
"그게 아니라요. 아니, 어쩌면 그럴지도 몰라요……."
"뭐, 뭐라고?"
그때 별장으로 망원경을 가지러 갔던 명호가,
"금화백 아저씨이!"

하고 외치며 숨가쁘게 달려왔다.

"왜 그러니, 명호야."

"망원경을 가지러 갔더니……, 아이 숨차. 비, 비둘기가……."

"비둘기가 어찌됐는데? 숨 좀 돌리고 찬찬히 말해 봐."

명호는 크게 심호흡을 몇 번 해서 숨을 가다듬었다.

"비둘기가 와 있었어요. 발에 편지를 달고 말이에요."

"보라가 묶어 보낸 거구나? 이리 줘 봐."

명호는 손에 꼭 쥐고 있던 종이를 보연이에게 내주었다. 보연이가 펴든 쪽지에는 이렇게 씌어 있었다.

'에스 오 에스, 에스 오 에스!

여기는 알섬, 여기는 알섬! 아버지와 함께 표류했다. 배는 떠나가고 우리는 무사하다. 즉시 구출 바란다. 즉시 구출 바란다. 오바.'

"역시 알섬이었구나."

난희가 중얼거렸다.

"아저씨, 어떡하면 좋아요?"

보연이가 난희 아버지와 운전사 아저씨를 애원하는 눈길로 쳐다보았다.

"금화백 어른, 알섬이 어딥니까?"

운전사 아저씨가 물었다.

"저기 보이는 저 섬이오."

"거길 왜 가셨나요?"

"그건 잘 모르겠소."

난희 아버지가 모르는 척했지만,

"금을 캐러 가셨지요, 뭐. 노다지를 캔다고요."

하고 석두가 대답해 주었다.

"금을 캐?"

운전사 아저씨는 어안이 벙벙해졌다.

"아이, 얘기만 하고 있음 어떡해요. 빨리 아버지랑 보라를 구해야지요."

그제야 운전사 아저씨는,

"명호야, 그 망원경 이리 줘 봐."

하고 망원경을 받아 알섬 쪽을 바라다보았다.

"음……, 저어기 사람이 타지 않은 거룻배 한 척이 파도에 밀려들어오고 있는데요."

"어디요, 어디."

모두들 운전사 아저씨가 가리키는 쪽을 바라다보았다. 망원경 없이 보니까 배에 사람이 탔는지 안 탔는지는 확실히 모르겠지만, 정말 배 한 척이 이쪽으로 기우뚱기우뚱 밀려오고 있었다.

"아저씨, 왜 그러세요?"

운전사 아저씨는 신발과 웃옷을 벗더니 바다 쪽으로 첨벙첨벙 걸어들어갔다.

"내가 갔다올게."

"헤엄쳐서요?"

"저 배 있는 데까지 헤엄쳐 간 뒤에 배를 저어 알섬으로 가야겠어."

"위험해요, 아저씨. 배가 저렇게 멀리 있는데요."

석두가 말도 안 되는 소리라고 말리자, 찬식이가 운전사 아저씨는 왕년에 마도로스였다고 걱정 말라고 장담했다.

"이기사, 괜찮겠소?"

난희 아버지도 마음이 놓이지 않아서 물었다.

"아마 괜찮을 겁니다. 제게 맡겨 두십시오. 그럼, 다녀오겠습니다."

운전사 아저씨는 어느새 깊은 바다로 들어가 헤엄을 쳐 나가기 시작했다.

"와, 정말 빠르다!"

운전사 아저씨는 마치 한 마리 돌고래처럼 반짝반짝 햇살을 받으며 물살을 가르고 앞으로 나아갔다.

"배하고 점점 가까워지고 있어."

"힘내요, 아저씨!"

명호가 망원경을 눈에 대고 살펴보다가 소리쳤다.

"야, 드디어 배에 올라탔어. 알섬을 향해 노를 젓고 있어."

"와, 이젠 살았다!"

아이들은 기쁜 나머지 팔짝팔짝 뛰며 서로서로 얼싸안고 악수를 하는 등 야단 법석을 떨었다.

두 아버지의 대결

"은사장, 무사히 돌아오시게 돼서 천만 다행이외다."
"무사하지 않으면, 뭐 무슨 일이 있을 줄 알았소이까?"
 보라 아버지는 일부러 태연한 척했다.
"행방을 밝히지 않고 알섬엔 왜 가시었소? 남은 사람들 걱정할 일도 좀 생각을 하셔야지요."
"하하하, 걱정도 팔자시구려. 속세를 떠나서 푹 좀 쉬고 오려고 했는데, 이기사는 왜 보내시었소?"
 보라 아버지가 마음을 숨기고 자꾸 딴소리를 하자, 진짜로 걱정해 주던 난희 아버지도 심술이 나서 이죽거렸다.
"금덩이는 찾으시었소?"
"며칠만 내버려 두면 내 기어코 찾는 건데 유가족들이 ……. 아, 아니 식구들이 자꾸만 서둘러 가지고 그만 낭패를 보았소이다."
"며칠을요? 아니, 그동안 뭘 자시고 어디서 주무시려고 하셨소이까?"
"먹을 건 흔합디다. 과일이 없나, 새들이 없나. 갈매기 알만 먹어도 십여 일은 거뜬히 견디겠던걸요."

그러자 난희 아버지가 더욱 빈정거렸다.

"그럼, 지금이라도 다시 돌아가시지요."

"그러지 않아도 그럴 참이오. 이번에 그냥 온 이유는 좀더 계획을 철저히 세우기 위해서지요. 홍길동이나 허생원마냥 은씨 왕국을 건설해서 무릉도원을 만들어 내가 임금이고, 우리 보라는 태자마마……. 이렇게 할 작정을 하고 왔소이다. 허허허!"

보라 아버지는 호탕하게 껄껄 웃더니, 난희 아버지에게 담배 한 개비만 달라고 했다.

"담배도 없으시우? 알섬 왕국의 상감마마는 알몸으로 다니는 알거진가 보구려."

"무슨 말씀을! 황금 방석에 앉는 알부자라오."

"갈매기 알만 먹는 알부자요?"

"하하하! 금화백한테는 못 당한다니까. 불도 좀 주시구려."

보라 아버지와 난희 아버지가 이렇게 밀고 당기는 말씨름을 하는 동안, 아이들은 자기들끼리 모여 앉아 보라로부터 사건의 전말을 듣고 있었다. 보라는, 자기는 하나도 안 무서웠는데 아버지가 어찌나 겁을 내시는지 할 수 없이 돌아왔다고 허풍을 떨었다.

"아버지, 우리 방금 결정을 봤어요. 오늘 밤에 아버지의 무사 귀환을 축하하는 캠프 파이어를 하기로요."

보연이가 쪼르르 달려와 보고했다.

"그게 뭐냐?"

"모닥불 놀이예요. 원시인들처럼."

"그거 잘됐다. 그 불에 비둘기를 구워서 금화백의 편두통을 고쳐 드리자꾸나."

그러자 어느새 옆에 와 있던 보라가 펄쩍 뛰었다.

"안 돼요. 제 비둘기는 바로 우리 생명의 은인이에요."

그러면서 보라는, 비둘기를 고이 모셔 뒀다가 나중에 자연사를 하면 그때는 박제로 만들어 자손 만대에 길이 물려 줄 거라고 했다.

듣고 있던 난희 아버지가 제안했다.

"보라야, 그럼 아예 이 자리에서 비둘기 이름을 짓자꾸나. '은보구'라고. 너희 남매의 항렬자가 '보'니까 '보' 자에 비둘기 '구'자를 써서 은보구. 어떠냐?"

"좋은데요. 가보란 뜻도 되니까요."

보라는 그 이름이 마음에 들었다.

"그렇게 되면, 은사장이라고 부를 게 아니라 보구 아버지라고 해야겠는걸. 하하하!"

"금화백, 정녕 이러실 거요? 끝까지 이렇게 나오신다면 할 수 없소이다. 실력 대결로 나가는 수밖에요."

"무슨 실력 말씀입니까?"

"미술 작품 만드는 실력은 내가 따를 수 없고요……."

"금을 캐는 실력도 내가 미치지 못할 거고요."
"또 그 말씀을……."
 그러자 석두가 좋은 의견이 있다고 하여 모두의 시선을 주목시킨 다음 말했다.
"그러실 게 아니라, 아주 이번 기회에 수영 대결을 하시는 게 어떠세요? 두 분의 실력을 유감 없이 보여주실 마지막 기회입니다."
 석두의 제안에,
"그거 좋지. 난 한강을 세 번 왔다갔다 한 사람이니까."
 하고 보라 아버지가 짐짓 큰소리 치자,
"헹! 내가 잠자코 있으니깐 두루 무시하시는 것 같은데, 학생 시절의 내 별명이 날치였소, 날치."
 하고 난희 아버지도 배짱을 부렸다.
"아버지, 날치가 뭐예요?"
"난희야, 넌 날치도 모르냐? 물 속으로 헤엄만 치고 다니는 게 아니라 공중을 붕붕 날기도 하는 날치."
 찬식이가 어른들의 수영 시합에 신바람이 나서 설쳤다.
"그럼, 이기사 아저씨가 주심을 맡고 부심은 저하고 명호가 맡기로 해요. 그래야 공정할 테니까요."
 아이들이 지금 당장 시합을 벌이라고 아우성을 치자, 보라 아버지는 은근히 겁이 나서 꽁무니를 뺐다.
"그러나 얘들아! 우리 나이를 생각해 봐라. 금화백 어른이

나 나나 몸이 성치 않은 노인네가 아니냐. 나는 신경통, 금화백 어른은 고혈압. 그러니 건강을 생각해서라도 수영은 단념하고, 그대신 물 속에서 뜀박질을 하는 게 어떨까?"

아이들은 처음엔 '에이, 시시해!'하고 못마땅해 했으나, 곧 그 시합이라도 벌이자고 찬성했다.

"자, 그럼 이제 남은 건 응원단 조직뿐이구나. 아버지하고 아저씨는 선수니까 안 되고, 이기사 아저씨하고 명호하고 찬식이는 심판이니까 틀렸고, 우리 편 응원단은 오빠하고 나뿐이구나."

난희의 말에, 보라도 질세라 응원단을 조직했다. 하긴 응원단이라 봤자 보라네도 보라와 보연이뿐이긴 했지만…….

"금화백, 시작합시다."

"그럽시다."

보라 아버지와 난희 아버지는 운전사 아저씨의 인솔 아래 물 속으로 걸어들어갔다.

허리쯤 차는 곳까지 들어가자, 운전사 아저씨가 경기 내용을 알려 주었다.

"여기서 저 다이빙대 있는 데까지 먼저 도착하시는 분이 이기시는 겁니다. 명호는 중간쯤에 서서 지켜 볼 거고, 찬식이는 결승점에 서 있을 겁니다. 좋습니까? 준비됐습니까?"

"준비가 뭐 따로 있나. 빨리 출발 신호 하게."

"그럼, 하나 둘 셋에 출발하시는 겁니다. 하나, 둘, 셋!

출발!"

운전사 아저씨의 출발 신호와 함께 보라 아버지와 난희 아버지는 앞으로 달려나갔다. 그러나 달려나간다고는 하지만, 땅 위가 아니라 물 속이라서 남 보기에 답답할 만큼 속도가 나지 않았다. 그래도 양쪽 응원단은 손뼉을 치며 열심히 응원했다.

"우리 편 이겨라! 우리 편 이겨라!"

"아버지, 힘내세요! 아버지, 힘내세요!"

그런데 갑자기,

"사, 사람 살려!"

난희 아버지가 물 속으로 꼬르륵 들어갔다 나왔다 하며 다급하게 외쳐 댔다.

"사, 사람…… 사람 살려!"

제일 먼저 운전사 아저씨가 헤엄쳐 가고, 그 뒤를 아이들이 백사장을 따라 뛰었다. 난희 아버지는 곧 운전사 아저씨에게 부축되어 물 속에서 나와 모래밭에 벌렁 드러누웠다.

"하하하! 금화백, 정신이 좀 나십니까?"

"하, 한 번 실수는 병가지상사가 아니오? 갑자기 다리에 쥐가 나서 그런 걸 가지고 뭘 그러시오."

"우리 고양이를 데려올걸 그랬소이다. 그 쥐를 잡게."

"뭐라고 하신대도 변명은 않겠소이다."

"아버지, 괜찮으세요?"

두 아버지의 대결

"아저씨, 좀 어떠세요?"

아이들이 조심스럽게 둘러앉아 한 마디씩 물어 보았다.

"괜찮다. 잠시 쥐가 났을 뿐이야."

"내 평생 날치가 물에 빠져서 '사람 살려' 하는 건 처음 구경했소이다."

"아무리 날치라도 경련이 나면 할 수 없지요."

"그렇지만 내가 보기에는, 경련 난 날치가 아니라 개천에 빠진 심봉사 같더이다. 하하하!"

고양이 오누의 가출

 드디어 사포 해수욕장을 떠나 서울로 돌아가는 날이 되었다.
 아이들은 뜨거운 태양, 반짝이는 모래밭, 넘실대는 푸른 바다, 그리고 유쾌한 별장 생활을 가슴 깊이 간직하며 다음 여름 방학을 기약했다.
 "애들아, 아빠가 이기사 아저씨한테 배표 넉 장만 사오라고 하셨어. 오늘 오전 중에 떠나는 걸로."
 보라가 아이들이 옹기종기 모여 있는 곳으로 오더니, 누구누구가 배를 타고 갈 거냐고 물었다.
 "근데 왜 넉 장이야?"
 "이 바보야, 우리 아버지 자동차의 정원이 운전사 아저씨까지 다섯이니까, 나머지 네 명은 따로 가야 하잖아. 그러니까 어른 두 분하고 나머지 두 자리를 누가 차지할지 가위바위 보로 정하자."
 "어머, 어머! 보라 너 웃긴다."
 난희가 갑자기 보라를 공격했다.

"내가 뭘 웃겨?"

"그렇잖구. 사포에 올 때 니네들 배로 오겠다고 설쳤다며? 그러면 당연히 자동차에 타는 건 나하고 보연이 언니, 이렇게 둘이지 뭘 그래? 그리고 레이디 퍼스트도 몰라?"

"안 돼! 난 배멀미를 한단 말이야."

석두가 질겁을 하더니,

"너희들 셋은 올 때 차로 왔으니까 갈 때는 배로 가라. 난 멀미 때문에 환자나 다름없으니까 자동차 한 자린 내 몫이다."

하고 남자아이들에게 못박았다.

"싫어, 형. 환자라면 나하고 보라는 중환자야. 벌에 쏘인 몸들이니까."

명호도 질세라 한 마디 했다. 그러자 보라가, 내 이럴 줄 알았다면서 말했다.

"그러니까 아무도 불평 없게 가위 바위 보로 정하자니까. 그게 제일 공평해."

"그러면 보연이 언니도 불러 와야 해."

난희는 같은 여자라고 보연이를 꽤나 챙겼다. 그때 누가 부르러 갈 것도 없이,

"얘들아, 큰일 났어. 큰일!"

하며 보연이가 허둥지둥 나타났다.

"왜 그래, 언니?"

"오누가 없어졌어. 아무리 찾아도 보이질 않아."

"누나, 괜히 호들갑 떨지 마. 금방 돌아오겠지, 뭐."

"아니야, 애. 너희들이 하도 볶아 대니까 비관하고 가출을 한 게 분명해."

"그거 잘됐네. 보기 싫은 식구끼리는 한 집안에서 못사는 법이야."

"뭐? 보기 싫은 식구?"

"그래, 어쩔래? 하지만 이건 내가 한 말이 아니라, 우리 비둘기가 하고 싶은 말을 대변한 것뿐이야."

"난 고양이를 찾기 전에는 집에 안 가."

보연이는 딱 부러지게 선언했다. 그러자 명호가 이죽거렸다.

"역시 노이로제야."

"뭐가 어째?"

"보연이 누나말고 고양이 말이야. 노이로제가 아니고서야 가출을 할 리가 없잖아."

명호의 천연덕스러운 말에, 보연이가 흥분을 해서 쏘아 붙였다.

"누가 우리 오누를 그렇게 만들었어? 전부 너희들 책임이야. 그러니까 너희들이 나서서 찾아내란 말이야."

보연이가 애가 타서 안절부절못하며 신경질을 부리고 있는데, 보라 아버지가 헛기침을 하며 나타났다.

"너희들 마침 다 모였구나. 떠날 준비는 다 됐니?"
"아버지, 오누가 없어졌어요."
보연이가 서러움이 복받쳐 아버지에게 하소연을 했지만,
"고양이가 없어져? 그럴 리 있나. 돌아오겠지."
하고 보라 아버지도 시큰둥한 반응을 보였다.
"아니에요. 얼마나 찾았다고요."
"아버지, 그래서 누나는 집에 안 가겠대요."
"뭐라고? 그런 못난 소리 작작해라."
"누나, 내가 가만히 점을 쳐보니까 고양이는 서북쪽으로 간 거 같아. 그리고 돌아오지 않을 게 분명해. 일찌감치 단념하는 게 좋겠어."
"너 지금 누구 약올리는 거야, 뭐야?"
보연이가 보라를 툭 밀치며 사납게 흘겨 보았다.
"어, 사람을 막 떼밀어? 배에서 그랬다가는 물에 빠져 죽기 똑 알맞겠네."
"보연아, 동생한테 그러면 쓰니! 한편으론 떠날 준비하면서 한편으론 기다려 보자꾸나. 틀림없이 돌아올 게다. 고양이가 가면 어딜 갔겠니."
그때, 배표를 사러 갔던 운전사 아저씨가 돌아왔다.
"사장님, 표 여깄습니다."
"오, 수고했네. 석두야!"
"네, 아저씨."

"네가 단장이 돼서 남학생들은 배편으로 간다. 위험하지 않도록 잘 감독해야 한다."

"네에……."

석두가 기어들어가는 목소리로 대답했다.

"왜 그러니?"

"자동차로 갈 작정이었는데……."

"차에는 어른하고 여학생만. 알았지?"

"네."

그리고 보라 아버지는 보라, 찬식이, 명호에게서 인솔자인 석두의 말에 절대 따를 것을 약속받았다.

"그럼, 빨랑 준비들 해라."

"아이, 어떡하면 좋아."

"누나, 너무 걱정 마. 누나가 떠난 뒤에도 배 탈 시간까지는 한참 더 있으니까 그 사이에 오누가 돌아오면 내가 꼭 데리고 갈게."

"정말?"

보연이가 반색을 하며 다짐을 했다.

"하늘이 내려다보셔. 내가 왜 거짓말을 하겠어."

"그럼, 부탁한다. 고맙다."

"고맙긴 뭘……."

하지만 보연이는 금방 또 시무룩해져서,

"만약 너희가 배를 탈 때까지도 안 나타나면 어쩌니? 아버지, 전 아무래도 여기 남아서 기다려야겠어요."

하고 힘없이 말했다.

"어허! 얘가 왜 이렇게 소갈머리없이 구니? 고양이가 나타나면 잘 보호하면서 서울로 즉시 연락하라고 내가 별장지기 내외한테 잘 말해 둘 테니까 걱정마라."

"그래도……."

"그래도고 저래도고 더 이상 고양이 때문에 왈가왈부하기 싫다. 그만두자!"

결국 보연이는 별장지기 아저씨한테 자기 고양이가 나타나면 재빨리 연락해 줄 것을 열 번 스무 번 부탁한 다음에야 서울로 떠났다. 고양이를 두고 가는 보연이는 가슴이 미어지는 것 같았다.

자동차가 저 멀리 사라지자, 보라가 갑자기 깔깔대고 웃기 시작했다.

"얘가 왜 이래? 얀마, 너 정신 나갔냐?"

석두가 깜짝 놀라서 보라를 쳐다보았다.

"난 웃는 이유 알아."

찬식이가 의미심장하게 씨익 웃더니,

"네가 고양이를 감추어 놓았지?"

하고 넘겨짚었다. 그러자 명호도,

"나도 알아, 장소까지도. 과수원에 있는 원두막이지?"

하고 자신 있게 말했다.

"그럼, 납치범이 바로 너였구나!"
그제야 석두는 모든 사태를 알아챘다.
"납치범이 뭐야? 남이 들으면 범인인 줄 알겠네."
석두가 흥분하여 보라를 다그쳤다.
"그럼 범인이지 뭐냐? 보연이가 얼마나 걱정하면서 가고 있겠니? 그걸 생각하면 애처로워서……. 난 인솔자의 권리로서 너에게 벌을 주고 싶다."
그러나 보라도 물러서지 않고 맞받았다.
"그건 석두 형이 몰라서 그래. 비둘기는 백 킬로고 천 킬로고 날아서 집을 찾아오는데, 고양이는 과연 돌아올 수 있는지 없는지를 시험해 보려고 했던 거야. 학술 연구를 위해 실험을 하는 게 뭐가 나빠?"
"듣기 싫어! 보연이가 고민할 일을 생각하면……. 이건 명령이다. 너희들 당장 가서 데리고 와!"
"그렇게는 못 해!"
"인솔자 명령에 불복종한 대가로 알밤 하나!"
꽁!
보라는 손바닥으로 머리를 감싸 쥐며 소리쳤다.
"왜 때려!"
"원한다면 더 때려줄 수도 있어."
보라는 명호와 찬식이에게 도움을 청했다.
"애들아, 너희들 보고만 있기니? 우리 셋이서 힘을 합쳐서

폭력을 행사하는 무법자를 타도하자."

그러나 찬식이와 명호는 보라에게 협력하려 하지 않았다.

"보라야 참자, 참아."

"그래. 네가 잘한 거 하나도 없어."

"에잇, 이 배반자들! 너희들도 생각해 봐. 우리가 여기에 와서 모처럼 즐거울 수 있었던 일들도 고양이 때문에 얼마나 방해를 받았냐고. 또, 수도 없이 고생을 치르지 않았어?"

"그만! 보라는 싫으면 관두고 찬식이랑 명호가 가서 고양이를 구출해 와라. 곧 배에 올라야 하니까 빨리 갔다와. 어서!"

"알았어, 알았어. 내가 갔다오면 되잖아."

보라는 마지못해 일어서서 고양이를 데리러 과수원으로 달려갔다.

여객선에서 일어난 일

부웅 붕!
뱃고동 소리가 울리면서 여객선이 움직이기 시작했다.
"애들아, 꼼짝 말고 앉아 있어. 움직이면 위험해."
배가 떠나자마자, 석두는 아이들을 단속했다.
"보라야, 일어서지 말라니까. 명호도 촐랑거리지 좀 마라."
"석두 형. 인솔자면 인솔자지 너무 그렇게 잴 필요 없잖아."
"정말이야. 너무했어."
"인권을 마구 무시하려 드는데?"
보라, 찬식이, 명호가 저마다 불평을 늘어놓았다.
"입 다물어! 나는 책임자야. 너희들한테 무슨 일이 생기면 난 어떻게 되겠니?"
"만일의 일도 생기지 않겠지만, 만약에 생겨도 석두 형이 어떻게 될 건 하나도 없어."
"시끄러워! 우선 큰일이 고양이의 안전 수송 문제야. 원래 규칙이, 배에는 짐승을 싣지 못하게 돼 있거든."
"그것도 염려 마. 인천항까지 가기 전에 처리할 테니까."

보라가 고양이 문제는 자기에게 맡겨 두라고 큰소리를 탕탕 쳤다.

"처리하다니, 어떻게?"

"간단하지 뭐. 고양이를 넣은 자루에 돌멩이를 매달아서 바다 속에 풍덩!"

보라가 끔찍한 말을 아무렇지도 않게 하자, 석두는 기겁을 하며 손을 내저었다.

"안 돼. 보연이가 알면 얼마나 슬퍼하게. 나는 허락할 수 없어. 절대!"

"누나가 알 리 없지."

"내가 다 말할 거야."

"말해도 좋아. 그때는 그때고 지금은 지금이니까."

여객선이 항구에서 점점 더 멀어져 갔다.

부웅 하는 뱃고동 소리와 엔진 소리, 물새 소리, 배가 파도를 가르고 나가는 소리 등이 어우러졌다. 자루 속에 갇혀 있던 고양이가 갑갑한지 야옹야옹 울었다.

"오누야, 울지 마. 울면 큰일 나."

석두는 행여나 들킬세라 안절부절못했다.

"아, 따분하다. 배 안을 한 바퀴 돌아봤으면 좋겠다."

"안 돼."

"형, 난 화장실에 좀 다녀와야겠는데."

"안 돼. 참아!"

야옹야옹!

"너도 잠자코 있어."

석두가 아이들 감시하랴, 고양이 숨기랴 정신 없이 바쁠 때 저쪽에서 선원 한 명이 뚜벅뚜벅 걸어왔다. 아이들은 재빨리 자는 척했다.

"음? 그거 비둘기 아니냐?"

선원은 보라가 무릎 위에 올려 놓고 있는 새장 속의 비둘기를 보고 멈춰 섰다. 보라가 눈을 뜨고 대답했다.

"네, 비둘기는 비둘기지만 박제입니다."

"박제라니? 눈알을 뒤룩거리고 도리도리를 하는 박제도 있나?"

"아주 잘 만든 박제라서 꼭 살아 있는 거 같아요."
"거짓말 마. 배에 동물은 태우지 못하는 규칙이 있다."
"하지만 이건 통신용 비둘기니까 이 배에 어떠한 위험이 닥치게 되면 매우 쓸모 있게……."
"재수 없는 소리 마!"
야옹야옹!
"어? 이건 또 무슨 소리야?"
이번에는 석두가 눈을 번쩍 뜨고 대답했다.
"아, 아무것도 아닙니다."
"고양이 소리 같은데? 그 자루 속에서 났어."
"장난감 고양이입니다."
"장난감 고양이가 울어?"
"울게 만든 거니까 울 수밖에요."
"애들이 정말!"
선원은 드디어 짜증이 나서, 석두에게 자기를 따라오라고 했다.
"아저씨, 한 번만 봐주세요. 이 고양이는 새끼를 뱄어요. 오늘 내일, 아니 지금 당장 해산할지도 몰라요. 만일 이 배에서 해산을 한다면 그런 경사가 또 어딨겠어요. 그러니까 양해해 주세요."
석두가 손이야 발이야 빌었다.
"아무튼 날 따라오라니까."

"네. 가긴 가지만……. 애들아, 고양이 잘 지켜라."

석두는 아이들한테 고양이를 부탁한 뒤, 선원을 따라갔다. 석두가 선원을 따라 객실을 나가자, 보라는 활기를 되찾았다.

"마침내 자유 시간이 왔도다."

"보라야, 처치할 테면 빨리 해치워야 해. 석두 형이 오기 전에."

"알았어. 그 자루 끝에 돌멩이를 매달아라. 가방 속에 있지?"

찬식이의 가방 속에는 돌멩이가 들어 있었다.

"근데 선원이 또 나타나 고양이를 내놓으라면 어쩌지?"

"잡아먹었다고 해버리지."

보라와 찬식이와 명호는 갑판으로 나갔다.

바다는 시퍼런 물결로 출렁이고 있었다. 여기저기 떠 있는 초록빛 섬들이 푸른 하늘과 햇빛을 받아 반짝이는 푸른 바다와 어우러져, 바다는 한 폭의 아름다운 그림과 같았다.

막상 고양이를 바다에 던지려고 갑판에 나왔으나, 아이들은 망설이지 않을 수 없었다. 문득 자기네들이 하려는 일이 얼마나 잔인한 짓인가를 느끼기 시작한 것이다.

그러나 아이들은 그러한 자기네들의 마음을 먼저 밖으로 내비칠 수가 없었다. 그렇게 한다는 것이 웬지 쑥스럽고 창피했기 때문이다.

여객선에서 일어난 일

"보, 보라야. 뭐하고 있니?"

"응. 그, 그냥 바다 좀 보고 있었어. 야, 이 고양이 명호가 던져라. 난 감시할게."

"싫어. 내가 왜 던져?"

서로 고양이 던지는 일을 미루고 있을 때, 등 뒤에서 여자아이의 목소리가 들려 왔다.

"저, 애들아. 잠깐만!"

아이들은 뒤를 돌아다보았다. 한두 발짝 떨어진 곳에 자기들 또래의 여자아이가 서 있었다.

"그거 고양이지?"

"그래, 왜?"

"바다에 던질 생각이라면 나한테 주지 않을래?"

"그야 뭐 줘도 좋지만 넌 이걸 맡아 가지고 어쩌려고?"

그렇잖아도 처치 곤란하던 차에 잘됐다 싶어, 보라가 선선히 대꾸했다.

"어떻게 하든 주기만 하면 돼."

"야, 너 가만히 보니까 얼굴이 핼쑥한 게 배고파 보이는데, 이 고양이를 잡아먹으려고 그러냐?"

명호가 괜히 되지도 않은 말을 하며 시비를 걸었다.

"잡아먹을 거 아니니까 걱정 마. 난 단지 그 고양이를 살리고 싶어서 그러는 거야."

"얘, 너 서울까지 가니?"

"그래."
"서울엔 왜? 집이 서울이니?"
"아냐."
"너 이름이 뭐니? 나이는?"

찬식이가 계속 꼬치꼬치 캐묻자, 여자아이가 발칵 신경질을 냈다.

"별걸 다 묻네. 그런 건 알아서 뭐하니? 줄 거야, 안 줄 거야?"

"준다. 가져라, 가져."

"고맙다."

여자아이는 보라에게서 고양이를 건네받자, 조심스럽게 안고 객실로 들어갔다. 남자아이들은 멍하니 그 뒷모습을 바라보다가, 뒤따라 들어와 자리에 가 앉았다.

조금 뒤에 석두가 들어왔다.

"아, 혼났다."

"석두 형, 뭐래?"

"야단을 잔뜩 맞고 반성문 써 냈다. 다시는 그러지 않는다고. 어? 고양이 어디 갔니?"

석두가 심문하듯 물었.

"모처에 안전하게 보관시켜 놨어."

"바닷속에 처넣은 건 아닐 테지?"

"석두 형은 어떻게 그렇게 야만스러운 소릴 해?"

보라가 오히려 석두를 기습 공격했다.

"어, 네가 아까……."

"농담도 못 해?"

"미, 미안하다. 그럼, 어딨니?"

"걱정하지 말래도, 글쎄."

그때, 고양이 소리가 야옹야옹 들려 왔다.

"저것 봐. 있잖아."

"응, 그렇구나. 근데 왜 저 여자애가 안고 있니?"

"그럴 이유가 있어. 그것보다도 지금쯤 자동차로 떠났던 팀은 집에 도착했겠지?"

보라가 슬쩍 화제를 돌렸다.

"음, 그럴 테지."

보라, 찬식이, 명호는 또다시 석두의 감시를 받으며 꼼짝없이 제자리에만 앉아 있을 수밖에 없었다.

마침내 배가 인천항에 도착했다.

"야, 이제 다 왔구나. 내 책임이 무사히 완수되었나보다."

"고맙지 뭐야. 표창감이라고."

보라가 은근히 비꼬아 말했다.

"표창은 저 애한테 해야지."

석두는 그렇게 되받은 다음,

"애, 너 고양이 간수하느라고 수고 많았다. 그 자루, 이리 줘."

하고 고양이를 안고 있는 여자아이에게 말했다.
"왜?"
여자아이가 이상하다는 듯, 빤히 쳐다보며 물었다.
"왜는, 배가 닿았으니까 주인한테 돌려줘야잖아."
"이건 내 고양인걸."
"무슨 소리야? 어째 그게 네 고양이란 말이니?"
"쟤가 날 줬어."
여자아이가 턱짓으로 보라를 가리켰다.
"보라야, 진짜니?"
"응."
"하지만 그건 말도 안 돼. 고양이 주인은 나니까."
 고양이를 도로 빼앗기게 될지도 모른다는 생각이 든 여자아이는 고양이를 꼭 껴안으며 말했다.
"그건 둘이 따지든지 싸우든지 할 일이지, 나하고는 상관없어. 난 받은 거니까."
"아무리 받았어도 진짜 주인한테 받은 게 아니니까 무효야."
"석두 형, 오누가 어째서 형 거야? 우리 집 고양이니까 내 거지."
"네가 과수원에다 버리고 오려는 걸 내가 데려왔으니까 내 거야."
 보라와 석두가 아웅다웅하자,

여객선에서 일어난 일 173

"그치만 쟤가 죽이려는 걸 내가 살려 줬으니까 내 것이 분명해."

하고 여자아이도 지지 않고 고집했다.

"보라야, 너 정말 오누를 죽이려고 그랬니?"

"죽이려고는 안 했어. 물 속에 처넣는 시늉만 했을 뿐이야."

석두가 갑갑하다는 듯,

"너희는 왜 벙어리처럼 잠자코 있니? 지켜 보고 있었을 테니까 말 좀 해봐라."

하고 명호와 찬식이를 다그쳤다. 찬식이가 느릿느릿 대답했다.

"죽이려고는 않고, 다만 돌멩이를 매달아서 바다에 던지려고는 했어."

"그게 결국 죽이려는 거하고 마찬가지지 뭐니? 그러니까 내 거야."

여자아이가 당당하게 선언했다. 그러자 명호가 뚱딴지같이 끼어들었다.

"그렇지 않아. 내 거야."

"뭐야? 명호 넌 또 왜 나서니? 네가 뭘 했다고."

"보라, 네가 바다에 내던지면 내가 얼른 건져 낼 작정이었거든. 그러니 내 거지."

명호의 주장에 보라와 석두는 어벙해졌고, 찬식이는 배꼽을 쥐고 유쾌하게 웃어젖혔다.

부웅! 부웅!

다시 뱃고동 소리가 크게 울리고, 승객들이 우르르 내리기 시작했다.

"많이들 싸워. 난 먼저 간다."

여자아이가 고양이를 안고 배의 출입구 쪽으로 걸어갔다.

"나도 간다. 같이 가자."

찬식이가 재빨리 뒤따랐다.

"나도! 나도 같이 가."

보라와 명호도 부산하게 내릴 준비를 서둘렀다. 그제야 석두가 인솔자로서의 책임을 생각해 내고는 소리쳤다.

"야, 너희들 질서 몰라? 차례차례 줄 서서 안전하게 내려야 돼!"

이상한 여자아이

　인천 항구에서는 운전사 아저씨가 차를 세워 놓고 기다리고 있었다.
　"어이, 여기야, 여기!"
　운전사 아저씨가 아이들을 발견하고서 손을 번쩍 쳐들었다.
　"아, 아저씨!"
　아이들은 배에서 내리면서 운전사 아저씨를 보고 반가워서 마주 손을 흔들었다.
　배에서 제일 먼저 내려온 찬식이는 계속 그 여자아이의 뒤를 졸졸 따라다니며 질문을 해댔다.
　"꼬마야, 너 어디까지 가니?"
　"그건 왜 물어? 남이야 어딜 가든 말든."
　"서울에 처음 오는 거라니까 길을 가르쳐 주려고 그래."
　"내 걱정은 안 해도 돼. 전철 타고 영등포역까지 가서 언니한테 전화하면 되니까."
　"언니가 어디 있는데?"

"공장 기숙사."
"거기가 어딘데?"
"나중엔 별걸 다 묻네, 거기가 어딘지 알아서 뭐해? 별꼴이야."
"찬식아!"
운전사 아저씨가 찬식이를 알아보고 크게 불렀다.
"아, 이기사 아저씨."
"고양이는 무사하냐?"
"네, 이 꼬마가 가지고 있어요."
찬식이가 자기를 가리키자,
"꼬마 꼬마 하지 마."
여자아이가 꽥 소리쳤다.
"그럼 뭐라고 하니?"
"버젓이 이름이 있는데, 왜 하필이면 꼬마니?"
"이름을 알아야 부르지."
"안 불러 줘도 돼."
"정말은 이름이 없지?"
찬식이가 일부러 멍청한 질문을 했다.
"이름 없는 사람이 어딨니?"
"그럼, 내가 맞혀 볼게. 옥분이, 호순이, 점례, 순자, 끝순이……."
"그런 촌스러운 이름이 아니야. 강영남이야, 강영남."

"강영남? 꼭 남자 이름 같구나."

"흥! 나중엔 별걱정을 다 해."

찬식이와 영남이가 말씨름을 멈추려 하지 않자, 운전사 아저씨가 찬식이에게 물었다.

"그 애가 누구니?"

"강영남이에요."

"이름은 지금 나도 들었다. 어떻게 알게 된 애냐고."

"배에서 우연히 만났어요. 서울서 공장 다니는 언니를 찾아가는 길이래요."

"그런데 왜 고양이를 그 애가 가지고 있지?"

"좀 말썽이 생겼거든요."

"무슨 말썽?"

그때, 뒤늦게 배에서 내려온 보라, 석두, 명호가 달려 왔다.

"아저씨, 마중 나와 주셔서 고마워요."

"뭘. 자, 가자. 어서 타라."

그러나 석두는 차 탈 생각은 않고,

"너, 고양이 이리 줘."

하고 영남이에게 바짝 다가갔다.

"싫어."

"그럼……, 돈 줄게 팔아라."

"싫어."

"그거 참 고집불통일세."

석두가 난처해 하는데, 찬식이가 얼른 운전사 아저씨에게 부탁했다.

"아저씨, 애 가는 데까지 좀 태워다 줄 수 없을까요?"

"글쎄다. 정원 초관데……."

"영등포역까지만 가는데요 뭘. 가는 길이니까 태워 주세요."

"그래, 그럼, 어디 한번 해보자."

찬식이는 운전사 아저씨의 허락이 떨어지자, 영남이를 차 앞으로 데려갔다.

"됐어. 타."

"글쎄……."

"사양할 거 없어. 타라니까."

보라와 명호는 찬식이의 친절에 어리둥절한 얼굴로 서로 쳐다보다가는 다시 찬식이와 영남이를 바라보았다.

영남이는 찬식이에게 떼밀리다시피 해서 차에 올랐다. 아이들이 전부 타자, 자동차는 서울을 향해 달리기 시작했다.

"꼬마야."

"또 그래!"

"아 참, 영남아."

"응."

"영등포역에서 내려 주면 잘 찾아갈 수 있겠니?"

"언니한테 전화한다니까."

"만약에 전화 연락이 안 되면?"

그러자 영남이는 약간 불안해졌다.

"그때는……, 찾아가면 되지. 언니가 보낸 편지 봉투에 주소가 적혀 있으니까."

"어디 좀 봐."

영남이는 호주머니에서 부시럭거리며 편지 봉투를 꺼내어 찬식이에게 내밀었다.

"서울시 구로구, ……음, ……음. 이 정도면 안심이다. 여 있어."

찬식이는 비로소 마음이 놓이는지 영남이에게 편지 봉투를 돌려주며 씨익 웃었다.

"영등포역이다. 내리거라."

운전사 아저씨가 차를 세우며 말했다.

"그새요? 고맙습니다. 아저씨."

영남이는 자동차 문을 열고 내렸다.

"얘, 고양이 놓고 가."

석두가 뒤따라 내리며 다급하게 말했다.

영남이는 잠시 생각해 보더니,

"알았어. 차 태워 준 보답으로……."

하며 고양이를 건네주었다.

석두가 고양이를 안고 차에 오르자, 영남이는 상냥하게 '잘 가'하고 작별 인사를 했다.

"안녕!"
아이들이 모두 인사를 받았지만,
"너희들말고 고양이 말이야."
영남이가 퉁명스럽게 말했다.
찬식이와 명호, 석두를 각각 집 앞에다 내려 주고 보라는 집으로 돌아왔다. 딩동딩동!
벨 소리에 보연이가 후닥닥 뛰어나왔다.
"이제 오니?"
보연이는 문을 열자마자 물었다.
"오누는?"
"오누? 모르겠는데?"
"어머, 모르다니? 그럼 결국……."
보연이는 얼굴이 새파래져서 말을 잇지 못했다.
"누난 너무했어. 하나밖에 없는 동생보다 그 고양이가 더 소중해?"
보연이가 너무 실망하는 모습이 애처로워서, 뒤에 서 있던 운전사 아저씨가 보라 대신 설명해 주었다.
"고양이는 무사하다. 석두가 가지고 내리던데."
"석두가요? 왜요? 무슨 일이 생겼나요?"
보연이는 석두에게 전화를 해봐야겠다며 허겁지겁 집 안으로 뛰어들어갔다.
그때 어머니가 현관을 나서며 보라를 맞아들였다.

"잘 다녀왔니? 아주 깜둥이가 됐구나. 시장하지? 아버지께서 기다리신다."

보라는 사포 해수욕장 생활도 즐거웠지만, 집에 돌아오니 포근하고 편안해서 참 좋다고 생각했다.

"엄마, 뭐니 뭐니 해도 역시 집이 최고인 것 같아요."

은혜 갚기

"애들아, 얼른 세수하고 아침 식사 해야지."
 보라가 이층에서 내려오며 익살을 부렸다.
"세수 다 했어요. 때를 쏙 빼고 반질반질하게 광을 냈는걸요."
"원 애두. 보연이는?"
"내려올 거예요."
"다 큰 애가 어째 늑장인지 몰라. 식사 준비 거들어 줄 생각은 않고 늦잠만 자면 어떡해."
"여보, 오늘만큼은 내버려 두구려. 저두 고단해서 그러는걸."
 아버지는 보연이를 감싸 주었다.
"아니래요. 고양이 생각하느라고 새벽에야 잠이 들었대요."
 그때, 보연이가 식당으로 들어오며 보라가 빈정대는 말을 들었다.
"뭐라고? 넌 네 걱정이나 해. 방학 숙제는 다 했어?"
"남이야 다 하든 말든 누나가 무슨 상관이야? 안 했으면 대신 해줄 거야?"

보연이와 보라는 만나자마자 티격태격했다.

"너희들 방학 동안에 아주 버릇이 없어졌구나. 아침 인사는 할 생각도 않고."

아버지의 꾸지람에 보연이와 보라는 '안녕히 주무셨어요' 하고 인사를 한 뒤, 또 서로 째려보며 눈싸움을 했다.

"국이 식기 전에 어서들 먹지 않고 뭐하고 있는 거니?"

"네, 잘 먹겠습니다."

보연이는 밥을 몇 숟갈 뜨다가,

"보라야, 어제 석두가 전화로 말해서 알게 됐는데, 배에서 만났다는 그 애 이름이 뭐니?"

하고 물었다.

"몰라."

"찬식이는 알고 있을지도 모른다던데?"

"그거야 찬식이한테 물어 봐야지, 내가 어떻게 알아?"

"너 아침 먹고 좀 있다가 찬식이네 집에 가서 찬식이 좀 데려와라."

"그건 왜? 그 애 일 알아보려고?"

어머니가 궁금한 듯,

"무슨 얘기들이니?"

하고 물어 보았다.

"글쎄 있잖아요. 보라가 오누를 두 번씩이나 없애려고 했대요. 한 번은 과수원에다 매놓았고, 한 번은 바닷속에 던져 넣으려고 했대요."

"보라야, 못써. 생명은 존귀한 거야. 살생하는 건 죄가 돼."

"그럼, 아버지는 왜 파리나 모기를 잡아 죽이세요? 그건 살생이 아닌가요?"

"그렇지 않아. 파리나 모기는 병균을 옮기고 뇌염 같은 무서운 전염병을 퍼뜨리는, 온 인류의 원수야. 그래서 죽이는 거다."

"그렇지만 아버지, 쥐들의 입장에서 본다면 고양이는 살생의 왕초예요. 고양이는 쥐들의 원수예요."

"하지만 쥐는 페스트라는 고약한 병을 유행시킨다. 그뿐 아니라, 일 년 동안 쥐가 먹어 없애는 양곡의 손해만 해도 막심하다. 그런 해로운 쥐를 잡는 고양이는 간접적으로 인간에게 공헌을 하는 가축이야."

"그렇지만 아버지, 고양이는……."

"보라야!"

보라가 자꾸 말꼬리를 잡고 늘어지자, 듣다 못한 어머니가 말을 끊었다.

"너, 아버지가 말씀하시는데 딱딱 말대꾸하는 거 아니야. 그리고 집에서 기르는 짐승은 한 식구나 다름없다."

"그런데 누나는 내 비둘기를 미워한단 말이에요."

"네가 오누를 미워하니까 나도 그러지."

은혜 갚기

"그만들 해 둬라. 그것보다 보연아, 네가 아까 말한 그 애가 누구냐? 보라가 배에서 만났다는……."
"석두가 그러는데요. 보라가 배에서 오누를 암살하려고 할 때……."
"내가 언제? 그냥 장난삼아 던지는 시늉만 했을 뿐이라고."
"아무튼 그때, 그 아슬아슬한 순간에 고양이를 구해 가지고 육지까지 무사히 데려온 아이래요. 오누를 대신해서 제가 그 애를 만나 은혜를 갚았으면 해서요."
보라 어머니가 부쩍 호기심이 당기는지 물었다.
"보라야, 그 애 시골애든?"
"네, 아주 가난해 보였어요."
"서울엔 왜 온다든?"
"자기 언니가 영등포 근방에 있는 무슨 공장엘 다닌다나요? 그래서 만나러 온대나 봐요."
"나이는 얼마쯤 되고?"
어머니가 자꾸 캐묻자, 보라는 귀찮아져서 그냥 '몰라요' 하고 대답했다.
"그러지 말고, 몇 살쯤 돼 보이든?"
"에이, 엄마, 왜 그러세요?"
"보라야, 엄마가 네 색싯감 선보려고 그러시나 보다. 호호호!"

보연이가 보라를 놀리자, 보라는 심통이 나서 누나를 한 대 쥐어박았다.

"아야! 왜 때려? 너도 맛 좀 봐라."

보연이도 그냥 있지 않고 보라를 한 대 콩 때렸다.

"아야! 날 때렸어? 때렸어!"

"그래, 때렸다. 어쩔래?"

보연이와 보라는 금방이라도 치고받으며 격렬한 전투를 벌일 것 같았다.

"또, 또! 도대체 식사하다 말고 이게 무슨 짓들이냐!"

아버지가 크게 역정을 냈다. 그러자 어머니가 얼른 나서서 말했다.

"보라야. 그게 아니고, 요새 서울서 가정부 구하기가 얼마나 힘든지 아니? 우리 집도 일손이 모자라서 큰일인데, 그 애가 서울에서 마땅히 갈 곳이 없으면 우리 집에 와서 살면서 내 일도 좀 도와 주면 얼마나 좋겠니? 그래서 하는 소리야."

"그럴 애가 아니에요. 얼마나 되바라졌다고요."

"되바라져?"

"네. 누가 뭐라고 하면 한 마디도 지는 법이 없이 딱딱 말대꾸를 하던걸요."

"호호호! 네가 그 애한테 어지간히 당한 모양이구나. 그렇다면 내가 기어이 그 애를 만나서 네 가정 교사로라도 모셔

와야겠다."
 "에이 참! 엄마도……."

 보라는 찬식이네 집으로 가는 길목에서 철수를 만났다. 철수는 어머니 심부름으로 시장에 가는 길이라고 했다.
 "바다 재미는 어땠니?"
 "그저 그랬어. 넌 산에 잘 다녀왔니?"
 "응, 지금까지도 다리가 아프고 어깨도 결리고……. 고생이 이만저만이 아니었어. 숙제는 다 했니?"
 "방학책만 간신히. 이제 곧 개학인데, 큰일이야."
 "그럼, 이따가 우리 집에 놀러 와. 난 시장엘 가야 하니까 여기서 헤어져야겠다. 찬식이한테도 안부 전해."
 "응, 그래. 잘 가."
 철수와 헤어진 보라는 찬식이네 집으로 걸음을 재촉했다. 찬식이는 아직까지도 잠자리에 누워 있었다.
 "얀마, 너 지금이 몇 신데 이부자리에서 꾸무럭거리니?"
 "아웅! 여행에서 돌아왔더니 잠밖에 안 오는 거 있지. 아침밥 먹고 다시 누운 거야. 그런데 넌 웬일이니?"
 "우리 누나가 널 좀 만나자고 해서 데리러 왔어."
 "보연이 누나가 왜?"
 "몰라. 암튼 빨랑빨랑 일어나서 우리 집에 갈 준비해."
 "알았어. 그런 일이라면 전화로 하지 않고……."

"아니야. 운동도 할 겸 그냥 내가 왔어."

보라와 찬식이는 곧 보라네 집으로 향했다. 길을 걸으며 찬식이가 걱정스럽게 물었다.

"혹시 고양이 일 때문에 싸우자는 건 아닐까?"

"그렇진 않은가봐. 특별 초대 같던데?"

"특별 초대? 도대체 뭔데?"

"가 보면 알아."

그러나 집에 도착해 보니 보연이는 나들이 나가고 없었다.

"엄마, 누나 어디 갔어요?"

"금화백 댁에 오누 데리러 갔다."

"에이 참! 사람 불러 놓고 자기가 사라지면 어떡해!"

"그렇지 않아도 보연이가 가면서 신신 당부하더라. 금방 갔다 올 테니까 그동안 뭐 시원한 거라도 마시고 있으라고."

조금 뒤, 보연이가 오누를 안고 헐레벌떡 돌아왔다. 대문을 열어 주던 어머니는 고양이를 보고 화들짝 놀랐다.

"에그머니나, 세상에! 고양이 꼴이 왜 그 모양이냐? 페인트 가게에서 몸부림을 치다가 온 것 같구나."

"얘기를 하자면 끝이 없어요. 털갈이나 해야 깨끗해질 것 같아요. 그것보다도 찬식이 왔어요?"

"그래, 보라 방에 있다."

보연이는 이층으로 올라가, 보라 방문을 똑똑 노크하고 들어갔다.

"오래 기다렸니?"
"아냐, 조금 아까 왔어. 근데 왜 나를 보자고 그랬어?"
"응, 다름이 아니고 말이야. 너, 배에서 만났다는 그 여자애 이름하고 주소 알지?"
"이름은 아는데 주소는 잘 모르겠는걸."
"넌 안다던데?"
"잘 생각이 안 나."
"머리를 짜내서 잘 생각해 봐. 아주 중대한 일이니까."
"응…… 이름은 강영남이고…… 회사는 구로구 도, 독산동음…… 음, 그렇지. 강남 직물공업 주식회사."
"어머 얘, 고맙다. 고 아둔한 머리도 쓸모가 있구나. 전화 번호는 혹시 모르니?"

찬식이가 발끈해서 대답했다.

"몰라. 아둔한 머리라서 기억이 나려다가 쏙 들어갔어."
"호호호! 미안, 미안해. 너무 고깝게 여기지 마."
"회사 이름만 똑바로 알면 전화 번호는 전화 번호부에서 찾아보면 금방 알 텐데 뭘 그래."

그때, 보라 어머니가 과일 접시를 들고 들어왔다.

"뭘 가지고들 그러니?"
"글쎄, 누나가요. 고양이 은인을 찾아낸다는 거예요. 누나도 이담에 늙으면 주책스러워지겠어. 생각해 봐, 누나. 전화 번호를 알아서는 어떡할 거야? 회사에서 여자 직원의 시골

동생 이름까지 알고 있을 리는 없잖아."

"전화를 걸어서, 공장이 어딨는지 자세한 위치를 물어 보려고 했던 거야, 이 맹추야."

"그래서?"

"그래서 그 공장으로 찾아가 봐야지."

"그래서?"

그러나 보연이는 대꾸하지 않고 아래층으로 내려가 아버지에게 전화를 걸었다.

"여보세요, 황금당이죠? 아, 아버지세요? 저 보연이에요. 네, 실은요. 자동차 좀 탈 수 없을까 해서요. 네, 학생이 자가용 타고 다니는 거 꼴불견이라는 건 잘 알아요. 하지만 이건 특별한 경우거든요. 네, 무슨 일인가 하면요……."

보연이는 사정 설명을 한 끝에 겨우 아버지의 승낙을 받아 냈다.

"엄마, 나 차 타고 그 공장에 좀 갔다 올 테니 그동안 우리 오누 좀 지켜주세요."

"아버지가 차 타라고 허락하시든?"

"네, 일이 일이니만큼 어쩔 수 없잖아요. 곧 이기사 아저씨가 차 몰고 오실 거예요."

조금 뒤, 골목에서 경적 소리가 울렸다.

"엄마, 그럼 오누 좀 부탁해요."

"그래, 빨리 갔다 오너라."

보연이가 현관을 나서려는데, 이층에서 보라와 찬식이가 '잠깐!' 하며 뛰어내려왔다.

"우리도 같이 가. 도와 줄게."

"그만둬. 또 무슨 사고를 내려고."

"흥! 그래만 봐. 우리가 안 가면 누나가 강영남이를 만나도 알아볼 수나 있겠어?"

"이기사 아저씨가 아신다고. 하지만 내가 특별히 봐줬다. 어서들 차에 올라타."

모두 차에 오르자, 운전사 아저씨가 차에 시동을 걸며 물었다.

"어디로 갈까?"

"구로구 독산동이오."

차가 달리기 시작했다.

"독산동 어딘데?"

"강남 직물 주식회사요."

"강남 직물? 큰 회사지."

"아세요?"

"그럼, 알지. 그런데 거기는 왜?"

"배에서 줄곧 고양이를 데리고 온 애 있잖아요. 어제 인천서 오다가 영등포역 앞에서 내린 애요. 걔를 만나서 사례를 하겠다고 누나가 이 야단을 떠는 거래요."

"보라 너, 계속 그렇게 이죽거릴 테면 여기서 내려."

"아, 아니야. 내가 언제 이죽거렸어. 그냥 그렇다는 거지."

"보연이가 아주 기특한 생각을 했구나. 나도 찬성이다. 하지만 그 회사로 가면 그 앨 만날 수 있을까?"

"그 애 언니가 그 회사 공장에서 일한다니까, 잘하면 연락이 될 것 같아요."

"그렇다면 회사 사무실로 갈 게 아니라 공장으로 가야겠구나."

"아저씨만 믿어요."

가출 소녀

 차는 어느 공장 앞에 멈춰 섰다. 한쪽으로는 공장이 있고, 그 옆으로는 기숙사가 있는 아주 큰 공장이었다. 그 공장으로 들어가는 문 옆에 수위실이 있었다. 세 아이는 차에서 내려 수위실로 갔다.
 "안녕하세요!"
 "어떻게들 왔냐?"
 늙수그레한 수위 아저씨가 아이들에게 물었다.
 찬식이가 대답했다.
 "다름이 아니라요, 강영남이라는 애의 언니가 이 공장에서 일을 하거든요. 그래서 영남이 언니 좀 만나러 왔어요."
 "이름이 뭔데?"
 "그건 모르고요, 저어……. 강영 뭐라든가, 강 무슨 남이라는 사람 없어요?"
 "공장 직원이 좀 많아야 말이지. 그렇게만 알고는 남대문에서 김서방 찾기겠는걸."
 수위 아저씨가 어림도 없다는 몸짓을 해보였다. 그 순간,

"아, 생각 났다!"

찬식이가 환성을 질렀다.

"편지 봉투에 '언니 영옥이가'라고 씌어 있었어. 아저씨, 강영옥이에요."

"강영옥이? 가만 있어 봐라."

수위 아저씨는 돌아서서 무슨 서류를 한참이나 들여다보고는,

"강영옥이라……. 여기 있군. 프레스부에서 일하고 있어. 불러 주랴?"

하고 물었다.

"네, 아저씨."

수위 아저씨는 전화 송수화기를 들어 몇 번 버튼을 누르더니, 프레스부의 강영옥을 면회 온 사람이 있으니 구내 식당으로 보내 달라고 말했다.

세 아이는 수위 아저씨에게 고맙다고 인사한 다음, 구내 식당으로 가서 자리를 잡고 앉았다. 한 10분쯤 지나자, 열예닐곱 살 정도 되어 보이는 여직원 한 명이 식당 안을 두리번거리며 나타났다.

"저기 온다. 꼭 닮았는데!"

보라가 맨 처음 알아보았다.

"남들은 형제간에 다 닮았어. 너하고 나, 우리 남매만 하늘과 땅, 호랑이와 강아지, 용하고 미꾸라지처럼 얼토당토않

게 닮지 않았지."

"오랜만에 바른 말 한 번 했네. 하늘, 호랑이, 용이 나고 땅, 강아지, 미꾸라지가 누나란 말이지?"

"지금은 바빠서 그만두지만, 이따가 보자."

보연이는 보라를 흘겨 준 다음, 상냥한 미소를 띠고 그 여직원 앞으로 다가갔다.

"저어……, 영남이 언니 되세요?"

"그런데……, 누구?"

"우선 이리 좀 앉으세요."

영남이 언니는 보연이가 권하는 의자에 주춤주춤 따라 앉았다.

"우리 영남이를 아니?"

"잘은 모르지만……, 만나러 왔어요, 영남이를."

"무슨 일인데? 영남이는 지금 여기 없어."

영남이 언니는 마치 탐색하는 눈길로 세 아이를 찬찬히 살펴보았다.

"그럼, 어디 있어요?"

"글쎄……, 그걸 몰라."

"모르다니오? 어제 언니를 찾아간다고 했는걸요?"

"응. 어젯밤에 와서 하룻밤 기숙사에서 같이 자고, 오늘 아침에 행방을 감췄어."

"행방을요? 왜요?"

찬식이가 몸을 앞으로 쑥 내밀며 다그치듯 물었다.

"좀 그럴 이유가……. 근데, 학생들은 누구지? 왜 영남이를 만나려고 하는 거야?"

"영남이가 어제 인천으로 오는 배에서 내 고양이를 구해 줬거든요. 그래서……."

"응. 그래서 자가용을 타고 왔다고 하던데, 바로 너희들이 구나?"

"그런데, 왜 영남이가 행방불명이 됐는지 말해 주세요."

"응, 간밤에 내가 좀 따끔하게 야단을 쳤거든. 그래서 아마……."

영남이 언니는 어두운 얼굴로 어젯밤에 있었던 일을 아이들에게 말해 주었다.

"영남아, 내가 언짢게 말한다고 토라지지 말고 내일 집으로 내려가."

"싫어. 서울엔 뭐, 언니만 살라는 법 있어? 나도 공장에 다니면서 저녁에는 야간 중학교에라도 갈 거야."

"말이 쉽지, 그게 어디 쉬운 일인 줄 아니?"

"어려울 것도 없어. 열심히 노력하면 되잖아."

"네가 학교를 아무리 우등으로 졸업했다지만, 지금 공부를 계속하겠다는 건 우리집 형편으로 봐선 주제넘은 짓이야. 그러니까 내 말대로 집으로 내려가서 한 1,2년 만……."

"싫어. 돈 있는 사람만 공부를 할 수 있는 건가 뭐. 난 돈도 벌고, 공부도 할 거야. 난 공부가 하고 싶어서 집에서 몰래 나온 거야. 근데 이대로 돌아가라니, 말이나 돼?"
"아니, 너 그럼 아무도 몰래 나온 거니?"
"그래, 배표만 겨우겨우 사가지고 굶으면서 왔어. 그런데 뭐? 돌아가라고?"
"그럼, 어쩌니? 당장 너 있을 곳도 마땅치 않은데. 그러니까 내 말 들어."
"싫어! 싫단 말이야. 언니, 나 서울에 있게 해줘. 열심히 일하고 열심히 공부해서, 꼭 훌륭한 사람이 될 거야. 그래서 엄마 아빠도 호강시켜 드리고……. 언니, 나 공부하고 싶어……."
영남이는 언니 품에 안겨 울음을 터뜨렸다. 영남이 언니는 주르륵 흐르는 눈물을 손등으로 닦으며 동생을 달랬다.
"그, 그래. 나, 나도 네 맘 다 알아. 하지만……."
두 자매는 더 이상 말을 잇지 못하고 눈물만 흘릴 뿐이었다.

영남이 언니는 눈시울을 붉히며 말했다.
"그러다가 오늘 아침에 없어졌어."
세 아이들 역시 눈가에 눈물이 맺혀 있었다.
"우리 영남이는 누구에게든지 지기 싫어하는 성격이야.

가난한 집에서 태어나서 그렇지, 형편만 됐더라면 아무튼 시골에서 그냥 썩히기엔 아까운 아이지. 하지만 할 수 없잖아?"

아이들은 아무도 입을 열지 못했다. 가슴에 커다란 덩어리가 생겨서 그것이 목구멍까지 치밀어 올라, 입을 열자마자 울음이 터져 나올 것만 같아서였다.

그렇게 몇 분이 흐른 뒤,

"혹시 돌아오거든 저희 집으로 연락 좀 해주세요."

보연이가 전화번호와 자기 이름을 써서 영남이 언니에게 건네 주었다.

"언니, 꼭 부탁해요."

"그래, 너희들 참 고맙구나."

영남이 언니는 서울에도 이렇게 따뜻한 마음들이 있는 줄 몰랐다며, 활짝 웃는 얼굴을 해보였다.

영남이 언니와 헤어져 집으로 돌아온 아이들은 풀이 죽어 있었다.

"아니, 너희들 병든 닭처럼 왜 그러니? 그 여자애 못 만났니?"

"네, 엄마. 못 만났어요."

"왜? 벌써 어디에 취직이라도 됐다든?"

"그게 아니라요, 언니한테서 집으로 도로 내려가란 꾸중을 듣고 아침에 자취를 감췄대요."

"뭐? 그거 아주 몹쓸 애로구나. 때묻지 않은 시골애로만 여겼더니, 벌써부터 그 지경이면 장래가 뻔하다."
어머니는 몹시 못마땅해 했다.
"그렇지만도 않아요. 거기엔 말 못할 딱한 사정이 있어요."
보연이가 영남이를 두둔했으나,
"사정은 무슨 사정! 언니 말 안 듣고 낯선 서울 거리로 뛰쳐나온 그런 애는 앞길이 훤해. 그런 애들이야말로 불량 소녀가 되기 꼭 알맞지."
하고 어머니는 막무가내였다.
"엄마, 그렇지 않아요. 영남이는요, 공부가 하고 싶은 거예요. 초등학교 때 성적이 최고였고, 또 각 방면에 소질과 재주가 뛰어나대요."
"얘, 얘. 난 그 꼴 못 본다."
"그 꼴 못 보다니, 그게 무슨 말씀이세요?"
보라가 두 눈을 동그랗게 뜨고 물었다.
"아, 그렇지 않니. 만약 그 애가 우리 집 가정부로 들어오게 된다면 말이다. 난 그 꼴 못 본다고. 가정부면 가정부인 척해야지 주제넘게 책이나 노상 들고 앉았고, 야간학교 다닙네, 기술을 배웁네 하는 거 난 용납 못 해."
"그건 엄마 생각이 지나친 거예요."
"인석아, 지나치긴 뭐가 지나쳐?"
"생각해 보세요. 사람은 누구나 배울 권리를 갖고 있어요.

가난하대서 모처럼 타고난 재능을 썩혀서야 되나요? 자기 재산을 털어 장학 기금을 만드는 어른들도 수두룩한데 엄마는……."

"사회 사업은 사회 사업이고, 집안일은 집안일이야."

그러면서 어머니는, 이제 그만하면 할 만큼 한 셈이니까 영남이를 찾아다니는 일은 그만두라고 엄하게 말했다.

"속담에, 가난 구제는 나라에서도 못한다고 했어. 공연히 더 이상 나서면 그땐 주책이 되는 거야. 알았지?"

그러나 보연이와 보라는 아무 대답도 하지 않았다.

"아니 애들이 정말……. 알았어, 몰랐어?"

"알았어요."

"보라는?"

"저도요."

보연이와 보라는 볼멘소리로 마지못해 대답했다.

"그럼, 이층으로 올라들 가거라. 찬식이도 시원한 거 만들어 줄 테니 마시고 가거라."

"네."

보연이, 보라, 찬식이는 어깨를 축 늘어뜨리고 터벅터벅 이층으로 올라가 방으로 들어갔다.

"난 오기로라도 영남이를 찾아내겠어."

한동안 말없이 앉아 있던 보연이가 혼잣말로 중얼거렸다. 그 굳은 목소리에 보라도 결심했다.

"나도야. 꼭 찾아내고야 말겠어."

그러자 아까부터 지켜 보고 있던 찬식이가 침울한 분위기를 바꾸기 위해 익살을 떨었다.

"보라야, 난 네 기분 알아. 보연이 누난 고양이를 살려 줬느니 뭐니 해도 넌 그게 아니지? 그냥 영남이가 보고 싶은 거지? 호수처럼 맑은 눈, 오똑한 콧날, 새빨간 입술……. 아!"

"짜식, 조용히 못 해!"

"니 얼굴이 새빨개졌다."

"이게 점점 더……."

보라는 정말 얼굴이 새빨개져서 부끄러워 어쩔 줄 몰라 했다. 그 모습을 보고 보연이는 '어머, 어머!'하며 웃음을 터뜨렸다.

"으응! 누나까지 날 놀렸어."

"애, 놀리긴 누가 놀렸니. 그냥 웃음이 나와 웃은 것뿐이야. 그것보다도 내가 가만히 생각해 봤는데, 좋은 수가 있어."

"무슨 좋은 수?"

아이들은 어느새 활기를 되찾았다.

"신문에 광고를 내는 거야. 사람을 찾는 광고 말이야."

"으응. 그러면 되겠다. 하지만, 공짜로 내주나? 광고비를 내야지."

보연이는 그건 걱정 말라며, 자기의 돼지 저금통을 기꺼이 희생시키겠다고 했다.

"그럼, 됐어. 나도 돈을 내고 싶지만 누나도 알다시피 내 사전에 저금통이라는 게 있어야 말이지. 대신, 명호네 아버지가 무슨 신문사 국장이시니까, 내가 명호한테 잘 부탁해서 좋은 자리에 내달라고 청해 볼게. 그리고 어쩜 광고비도 싸게 해줄지 몰라."

이렇게 해서 보연이는 광고 문안을 작성하고, 보라와 찬식이는 쇠뿔도 단김에 빼랬다고 명호네 집으로 달려갔다.

사람을 찾습니다

"애들이 아침은 먹지 않고 왜 신문은 뒤적거리고 난리야? 보연아, 밥 먹어."
"네……."
"보라야, 찌개 다 식는다."
"네……."
보연이와 보라는 건성으로 대답할 뿐, 신문에서 눈을 떼지 않았다.
"애들이 정말 밥상머리 앞에서……."
"여보, 놔 두구려. 무슨 재미있는 기사가 났나 본데. 보라야!"
"네, 아버지."
"뭐 재미있는 기사라도 났으면 큰소리로 읽어 봐라. 아버지가 어렸을 땐 너희 할아버지를 위해 목청을 돋우고 가락에 맞춰서 신나게 읽어 내려갔지. 그러다가 모르는 한자어가 나오면 '무슨이로구나' 어쩌고 하면서 얼버무려 읽었다."
"그럼, 저도 크게 읽어 볼게요."

보라는 헛기침을 해서 목청을 가다듬더니, 가락에 맞춰 읽어 내려갔다.
"강영남을 찾음. 여엉남아, 네가 원하는 이일, 해결하알 기일이 있다. 소옥히 여얼락 바란다아. 무으슨이로구우나. 누운이 크고, 코오가 오똑하고, 이입술이 새빨간 시입 삼 세의 소녀. 무으슨이로구우나. 이이런 아이를 보오셨거나 해앵방을 아는 부운은 여얼락 바람. 후우사하겠음. 가앙영옥, 으은 보연. 그리고 우리 집 전화 번호!"
보라가 옛날 할아버지 책 읽는 흉내를 내서 광고를 읽자, 어머니가 몹시 화가 나서 보연이를 꾸지람했다.
"그 일은 그만 단념하라고 그렇게 일렀건만, 엄마 몰래 그런 광고까지 내고. 아무튼 너라는 애는 고집이 너무 세서 문제다, 문제야."
"뭔데 그래? 여보, 저 광고가 도대체 뭐야?"
어머니는 아버지에게,
"아 글쎄, 고양이를 구해 준 아이를 찾아서 은혜를 갚겠다고 저 야단이지 않아요."
하고 보연이를 좀 나무라 주라는 듯 하소연을 했다.
"내버려 두구려. 그건 좋은 일 아니오?"
아버지는 오히려 아이들 편을 들었다.
"사람은 모름지기 한 가지씩 차근차근 일을 마무리 지어 나가는 게 좋아요. 바캉스의 뒤처리도 깨끗하게 매듭을 지어 놓아야 개학을 해도 공부에 열중할 수 있지 않겠소? 우리 애들은 성격이 날 닮아서 하는 일이 매사에 흐리멍텅하지 않고 철두철미하단 말이야."

그러자 어머니는 도끼눈이 되어 따지고 들었다.

"어머머! 여보, 그럼 나는 일을 흐리멍텅하게 한다 그 말씀이세요?"

"아니, 그런 건 나중에 따지기로 하고. 보라야, 이 아버지도 어제 저녁까지 바캉스 때의 숙제를 말끔히 풀어 냈다."

"뭐 말씀이세요?"

"우선 한 가지는, 금화백에게 신세를 많이 진 보답으로 선물을 하나 마련했다."

아버지는 식탁 밑에 놓아 두었던 상자를 들어올렸다.

"그게 뭐예요?"

"열어 봐라."

보연이가 상자를 받아 뚜껑을 열어 보니, 그 속에 은장도리가 하나 들어 있었다. 아버지는 궁금해 하는 가족들에게 은장도리의 의미를 설명해 주었다.

"우리가 은씨니까 우선 은으로 준비를 했고, 금화백이 물만 만나면 폭싹 가라앉는다는 뜻에서 장도리를 마련했지. 하하하! 그리고 또 다른 뜻으론, '금 나와라 뚝딱! 은 나와라 뚝딱!'의 만사 형통의 도깨비 방망이의 뜻도 되고."

"잘하셨어요. 그리고 또 한 가지는요?"

어머니는 어느새 마음이 풀어져서 아버지의 다음 숙제가 무엇인지 재촉했다.

"그건 보라와의 약속인데……. 보라야, 밥 먹고 차고에 내려가 봐라."

"와! 알았다. 드디어 사오셨군요."

"여보, 여자들 몰래 부자지간에 무슨 꿍꿍이속이 있으시구려?"

"그게 아니라, 정말 어쩔 수 없는 상황 아래서 내가 보라에게 사주기로 약속한 자전거를 사온 거요."

자전거 소리에 어머니의 얼굴이 약간 험악해졌다.

"여보, 위험하다고 그토록 말렸건만 기어코 사오셨군요."

"할 수 없잖소. 내가 경솔하게 약속을 한 게 애당초 잘못이지만, 이왕에 한 약속이니 지켜야 하잖소."

"아버지, 제가 아침 먹고 자전거로 은장도리를 배달하고 올게요."

보라의 기쁘고 들뜬 마음에, 어머니가 찬물을 끼얹었다.

"안 돼. 너 자전거 탈 줄이나 알고 그러는 거니?"

"엄마, 나 탈줄 안단 말이에요."

"안 돼. 내가 네 실력을 인정하기 전까지는 절대로 안 돼."

"운전 면허를 받아야 한다 이 말씀이군요? 좋아요. 지금 당장 나가서 제 솜씨를 보여드릴게요."

"밥 먹다 말고 어딜 가?"

"에이, 그럼 밥 먹고 보여드릴게요."

보라는 밥을 게눈 감추듯 먹어 치우고는, 아버지 어머니에게 식사를 빨리 끝내라고 성화를 부렸다.

"인석아, 너 때문에 밥이 입으로 들어가는지 코로 들어가는지 모르겠다."

"다 드셨으면 빨리 나가세요."

차고로 내려가 보니, 반짝반짝 빛나는 파란 자전거가 자동차 옆에 의젓하게 놓여 있었다. 아버지는 보라뿐만 아니라 온 가족이 탈 수 있게 24인치 중형 자전거로 사다 놓았다.

보라는 손쉽게 어머니의 시험을 치러 냈다. 보라는 그 동안 친구들의 자전거로 자전거 타기를 배워 두었던 것이다.

"히히히, 신난다."

보라는 곧 은장도리가 든 상자를 자전거 뒤에 싣고 난희네 집으로 달렸다. 자전거를 타고 와서 그런지 난희네 집이 여느 때보다 더 가깝게 느껴졌다.

"누구세요?"

벨 소리에 난희가 현관을 나서며 소리쳤다.

"나야, 난희야."

"보라구나, 잠깐만."

난희가 대문을 열며 말했다.

"왜 또 왔니?"

"어럽쇼. 인사말 한번 얌전하네? 미안하다, 또 와서."

"어머, 오해하지 마. 그런 뜻이 아니었어. 어서 들어와."

"아냐. 먼저 할 일이 있어. 에헴, 난희야. 뭐 눈에 뵈는 거 없니?"

보라는 잔뜩 빼기며 거드름을 피웠다.

"너밖에 보이는 게 없는데?"

"네 눈은 멧돼지 눈이냐? 앞만 보고 옆은 못 보게."

그제야 난희는 대문 밖으로 나와 보라의 자전거를 보았다.

"어머! 너 이거 타고 왔니?"

"타고 오지 않음 둘러메고 왔겠냐?"

"어디 나 한 번 타 보자."

"안 돼. 교통 사고를 내면 큰일이니까."

그래도 난희는 자전거 핸들을 잡고 올라타려고 했다.

"그래 봤자 소용 없어. 자물쇠로 잠갔거든."

"어머, 너무한다. 얘."

"나중에 태워 줄게. 너희 아버지 계시니?"

"주무시고 계셔."

"아직까지 주무셔?"

"응, 좀 그럴 일이 있어. 어젯밤에 못 주무셨거든. 근데 왜?"

보라는 못내 아쉬운 듯 자전거를 만지작거리고 있는 난희를 재촉해서 집 안으로 들어갔다.

"응. 우리 아버지가 너희 아버지한테 선물을 보내셨어. 내가 배달부야."

"난 또, 숙제한 거 빌리러 왔나 했지."

"그것도 있어. 겸사겸사 왔어."

"내 그럴 줄 알았어."

응접실에서는 석두가 신문을 읽고 있었다.

"보라야, 신문 광고 봤다. 머리 잘 썼더라. 이거 보연이 생각이지? 나는 왜 머리가 잘 돌아가지 않는지 모르겠어."

"그래서 내가 형을 위해 머리 잘 돌아가는 선물을 하나 가져왔지."

"뭐야, 그게?"

보라는 포장을 풀고 상자 뚜껑을 열었다. 난희가 은장도리를 보고 참 예쁘다고 감탄을 했다.

"이걸로 이마를 한 대 치면 석두 형 머리도 석두가 아니라 팽이처럼 팽팽 잘 돌아가게 돼."

"거짓말 좀 그만해라."

"정말이야. 실험해 볼까?"

보라는 석두가 미처 피할 틈도 없이 달려들어 은장도리로 이마를 한 대 툭 때렸다.

"아야! 보라 너……."

석두는 두 손으로 이마를 싸쥐며 죽겠다고 엄살을 부

렸다.

"그거 이상한데. 이마를 때리니까 '도' 소리가 나는걸. 뒤통수까지 뺑 돌아가며 여덟 번 때리면, '도, 레, 미, 파, 솔, 라, 시, 도' 소리가 날 게 틀림없어. 석두 형, 우리 한번 실험해 보자. 응?"

"내 머리통은 악기가 아니야. 피아노가 아니라고."

"그럼, 난희야. 네 머리 한 번 두들겨 보자. 잘 영글었는지 덜 영글었는지 알아보게."

"어머 애, 알아볼 것도 없이 내 머린 잘 영글었어. 그러지 말고 나 대신 너부터 한번 실험해 보자."

난희의 제안에 석두는 그게 좋겠다며, 자기가 보라를 꼭 붙잡고 있을 테니 난희더러 은장도리로 보라의 머리를 때려 보라고 했다.

"어? 이거 왜 이래? 저리들 가."

보라는 두어 걸음 뒤로 물러서다가 석두에게 붙들렸다.

"이거 놔! 어, 석두 형 돌았어?"

"한 대 얻어맞더니 돌았다. 왜?"

보라는 석두의 손에서 빠져 나오려고 발버둥을 쳤다.

"난희야, 빨리 해."

"사람 살려! 사람 죽인다아!"

그때, 천만 다행으로 난희 아버지가 나타났다.

"이거 왜들 이렇게 떠드니? 시끄러워서 잠을 잘 수가 있어야지."

"아저씨, 안녕하세요?"

"오, 보라구나. 글쎄 어쩐지……."

보라가 어리둥절해져서,

"어쩐지요?"

하고 되물었다.

"그래. 어쩐지 시끌시끌하다 했다. 석두야, 너 손에 들고 있는 그게 뭐냐?"

석두 대신 보라가 얼른 대답했다.

"아버지가요, 아저씨한테 선물 드리는 거예요."

"그거 은장도리 같은데. 하필이면 장도리를……?"

"아버지가 물에 띄워 보시라고 하셨어요."

"물에? 하하하! 알았다. 하하하."

난희 아버지는 호탕하게 웃었다. 아이들은 그런 난희 아버지를 이상한 눈으로 쳐다보았다.

"아저씨, 왜 웃으세요? 이거 도깨비 방망이래요. 여의봉이고요."

"응, 그래. 이렇게 훌륭한 선물을 받고 내가 답례를 안할 수 없지. 천천히 놀다 가거라. 내가 그 사이에 작품을 하나 만들어 놓을 테니 가져가도록 해라. 하하하!"

난희 아버지는 뭐가 그렇게도 우스운지 화실로 들어가면서도 연방 웃어댔다.

"그런데 난희야. 너희 어머니는 아침부터 어디 가셨니?"
"으응, 병원에 입원하셨어."
석두와 난희의 얼굴이 금방 어두워졌다.
"병원에? 어디 편찮으시니?"
"노상 몸이 약하셔서 종합진찰을 받고 계셔. 그래서 아버지가 어젯밤에 병실에서 밤을 새우신 거야."
"그것도 모르고 너무 떠들었구나."
"아냐, 괜찮아. 그렇다고 갑자기 그렇게 기죽을 건 없잖니. 너답지 않아서 이상하다, 애."
"그런가? 그럼 우리 아까 하다만 은장도리 놀이나 계속해 볼까? 이번엔 내가 장도리를 쥐고 있으니까 말이야."
"뭐라고?"
석두는 기겁을 해서 뒤로 움찔 물러섰다.

얼마 뒤 난희 아버지는 맥주병을 하나 그려서, 보라 편에 보냈다. 그 맥주병 그림 속에는 보라 아버지의 얼굴이 그려져 있었다.

보라 아버지는 그 그림을 보더니, '금화백은 역시 유머를 아는 사람이야.' 하며 껄껄 웃었다.

"당신이 하도 술고래라 맥주병 속에 당신 얼굴을 그려 넣은 거예요."

어머니의 말에, 아버지는 '그것도 그렇지만, 여기에는 더 깊은 뜻이 들어 있어.' 하며 의미 심장하게 웃었다.

아버지의 설명에 의하면, 물 속에 들어가기만 하면 꼬르륵 해버리는 난희 아버지를 곯려 주기 위해 장도리를 보냈는데, 난희 아버지도 지지 않고 맥주병을 그려 보냈다는 것이다.

보라네 가족이 마루에 둘러앉아 그 그림을 보며 웃고 있는데, 전화벨 소리가 났다. 보연이가 얼른 달려가 전화를 받았다.

"여보세요. 네……, 그런데요. 어머, 영옥이 언니! 아직 연락 없었어요? 네, 없었군요. 너무 걱정하지 마세요. 곧 오겠지요. 네, 무슨 일 생기면 곧장 연락할게요. 네, 끊어요."

보연이가 전화를 끊고 돌아와 앉자,

"보연아 너 정말 엄마 말 안 들을 거니?"

어머니가 역정을 냈다. 그러나 아버지는 이번에도 보연이를 두둔해 주었다.

"당신은 괜히 흥분해서 그러는구려. 아이들한테는 자기들만의 생활이 있고, 자기네 세계가 있는 법이오."

"당신이 그렇게 물렁물렁하시니까 애들이 버릇없이 구는 거예요."

"여보, 잔소리나 하는 게 교육인 줄 아는 그 생각부터가 틀렸소."

"에그, 그래요, 나는 잔소리만 할 줄 알지 교육은 몰라요."

아버지와 어머니의 싸움이 커질 것 같자, 보라가 보연이에게 이층으로 올라가자고 했다. 그러면서 지나가는 말투로 중얼거렸다.

"난희네는 좋겠어. 어머니가 병원에 입원하셨으니까 부부 싸움 같은 건 전혀 안하실 거고……."

"뭐? 난희 어머니께서 입원을 하셨어?"

어머니가 깜짝 놀라 묻자,

"네, 그래서 난희네는 조용하던걸요. 부부 싸움이 없으니까 자연히……."

하고 보라는 앙큼을 떨었다.

"보라야, 우리 조용한 이층으로 피난 가자."

보연이는 보라보다 한 술 더 떴다. 이층으로 올라온 보라는 보연이에게, 자기는 아무래도 성격이 좀 엇나간 것 같다고 푸념을 했다.

"어머니가 결사 반대하시니까 나는 기를 쓰고 영남이를 도와 주고 싶은 거 있지? 아마 난 청개구리로 태어날 걸 사람으로 잘못 태어났나 봐."

"후후! 하지만 영남이를 돕겠다는 갸륵한 생각을 하는 걸 보니 과히 잘못된 인간은 아닌 것 같다."

"아 참! 아까 석두 형이 강영남 후원회를 조직하자고 그러던걸?"

"그것 참 좋은 아이디어다. 회원을 모집하고 힘을 모아서……."

"나도 회원이 될 거야. 그것도 특별 회원!"

"특별 회원은 기금을 특히 많이 내야 될 수 있어."

"많이 기부하면 되지 뭐."

"네가 무슨 돈이 있어서?"

"당장은 없지만 벌면 돼."

"피이! 네가 무슨 재주로 돈을 벌어?"

"그림을 그려서."

"그림을 그려? 네가? 아서라, 아서. 네 실력으론 말도 안 돼."

"이러지 마. 이래봬도 사포 해수욕장에서 난희 아버지에게 특별 수업을 받은 몸이야. 그 실력으로 아버지 초상화를 그리는 거야. 그래서 아버지한테 파는 거지."

"아버지가 사주실 것 같아? 오히려 모델료를 달라고 하시겠다."

"아니야. 취지를 말씀드리면 충분히 이해하시고, 또 그림 값도 후하게 주실 거야. 두고 봐."

이렇게 해서 보라와 보연이는 〈강영남 후원회〉를 조직하고, 주위 사람들을 회원으로 포섭하기로 했다.

불량배와의 싸움

"명호야, 신문 광고 고마웠다."
"그까짓 걸 가지고 고맙긴. 돈 받고 신문 광고 내주기야 누군들 못 해."
"그래두 네 아버지 덕분에 싸고 좋은 자리에 냈잖니."
"그것보다도 보라야, 아직 아무 반응도 없니?"
"응, 없었어. 아마 광고를 못 봤거나, 아니면 보고도 모르는 척하고 있는지도 모르지. 걔 성격이 좀 암팡지잖니."
"그럼, 어떡하니?"
"그래서 다들 의논했는데 말이야. 우선 강영남 후원회를 조직하기로 했어. 언젠가는 분명히 만나게 될 테니까."
"찬성이야. 나도 후원회 회원이 될게. 용돈 아끼고, 신문 보급소에 부탁해서 신문 배달을 해서라도 도와 줄게."
"고맙다."
"네가 고마울 게 뭐 있니? 내 기분이지. 찬식이한테는 말했니?"
"응. 찬식이도 기꺼이 회원이 되기로 했어. 그런데 회비를 어떻게 마련할지 걱정하더라."
"너는 어떻게 할거니?"
"난 오늘부터 우리 아버지 초상화를 그리기로 했어. 벌써 계약도 끝났어."
"네 솜씨로 초상화를 그린다는 건 아무래도 좀……."
"사람 우습게 보지 마. 너 사포 해수욕장에서 고양이를 호랑이로 탈바꿈시켜 놓은 내 솜씨 못 봤어?"
"하하하! 하긴 그 실력으로 그리면 되겠다. 그렇다고 너네 아버지를 산신령으로 그려 놓는 건 아니겠지?"
"야, 그것도 재밌겠는걸."

보라와 명호는 모처럼 학교 앞 빵집에서 만나 이런 저런 이야기를 나누었다. 그런데 빵집으로 오기로 한 찬식이가 30분이 지나도 나타나지 않자, 명호가 전화를 걸어 보았다.
"어떻게 됐어?"
"응. 찬식이 어머니가 받으셨는데, 찬식이가 갑자기 고모 댁에 가게 됐다며 갔다 와서 집으로 전화한다고 그랬대."
"그래? 그럼, 우리도 오늘은 그냥 헤어지자."
"그래. 개학이 낼모렌데, 아직 난 방학 숙제도 못했어."
"그건 나도 마찬가지야. 난희한테 빌려다 놓긴 했는데, 아직 베끼지도 못했다."
"넌 나보다 더한다. 더해."
"그게 천성인 걸 어쩌냐? 그럼, 잘 가."

"그래, 잘 가. 찬식이한테 연락 오면, 셋이 만나자."
"그래."
빵집 앞에서 명호와 헤어진 보라는 자전거를 타고 학교로 갔다.
"아저씨, 안녕하세요!"
"아니, 너 보라 아니냐? 웬일이냐, 학교엘 다 오고? 개학을 앞두고 다시 교감 선생님께 특별 수업을 받는 거냐?"
"아저씨도 참! 그 애긴 꺼내지도 마세요. 지긋지긋해요."
"허허! 그럼 왜 왔어?"
"운동장에서 연습 좀 하려고요."
"무슨 연습?"
"아저씬 이 자전거가 안 보이세요?"
"오, 그러고 보니 너 자전거 샀구나? 아주 근사한데."
"그럼요. 목숨하고 맞바꾼 자전건데요."
"그게 무슨 소리냐?"
보라는 수위 아저씨에게 사포 해수욕장 앞바다에 있는 알섬에서 있었던 일을 말해 주었다.
"허허, 듣고 보니 귀한 자전거로구나. 그걸 타려고 학교에 왔니?"
"네. 타도 되죠?"
"그럼, 되고말고."
보라는 아무도 없는 운동장에서 신나게 달렸다. 바람을

가르며 달리는 그 기분이 뭐라 말할 수 없을 만큼 좋았다. 그대로 씽 하고 하늘로 날아오를 것만 같았다.

보라는 자전거를 타다가 한쪽 손을 슬며시 핸들에서 떼어 보았다. 처음엔 조금 불안정하게 느껴졌으나 곧 괜찮아졌다.

핸들을 잡지 않은 손을 번쩍 들어 수위 아저씨에게 손을 흔들어 보이자, 수위 아저씨도 손을 마주 흔들어 주었다.

며칠만 이렇게 연습을 계속하면 나중엔 두 손 다 놓고도 탈 수 있을 것 같았다.

아직 여름이어서 6시가 되었는데도 해가 한 발이나 남아 있긴 했지만, 운동장의 열기는 어느새 사그라들고 제법 선선한 바람이 두 뺨을 스치고 지나갔다.

"보라야, 집에서 걱정하시겠다."

수위 아저씨가 큰소리로 보라를 불렀다. 보라는 핸들을 돌려 수위실 쪽으로 갔다.

"이젠 가 봐야지 않니?"

"지금 몇 시예요, 아저씨?"

"6시 10분."

"벌써 그렇게 됐어요? 아저씨, 저 내일 또 와도 되죠?"

"그래라."

"아저씨, 고맙습니다. 안녕히 계세요."

"조심해 가거라."

자전거를 타고 거리로 나선 보라는 열심히 페달을 밟고 경적을 울리며 나아갔다. 그런데 그때 사고가 생기고 말았다.

"앗! 아야!"

옆 골목에서 여자아이가 튀어나와 자전거와 부딪치는 바람에 나동그라진 것이다.

"야, 정신 차려! 그렇게 불쑥 나타나면 어떡해!"

"자전거가 사람을 피해야지, 사람이 자전거를 피해? 어? 너……, 고양이 주인…….'

"앗, 영남아! 너 어디 가는 길이니?"

"남이야 어딜 가든말든."

"널 얼마나 찾았다고. 신문광고 못 봤어?"

"광고? 아니?"

"근데 너, 꼴이 왜 그러니?"

영남이는 완전히 거리를 헤매는 거지같이 꾀죄죄해져 있었다.

"내 꼴이 어때서? 너라고 별수 있는 줄 아니? 너도 내 신세가 돼 봐."

"너 지금 어디 있니?"

"왜 꼬치꼬치 캐물어? 마치 경찰 같구나."

영남이는 계속 삐딱하게 되받았다.

"너 배고파 보이는데 뭣 좀 먹지 않을래? 내가 빵 사줄게."

영남이는 잠시 망설이더니 기운 없이 고개를 끄덕였다.
"그럼, 날 따라와."
보라는 영남이를 데리고 빵집으로 갔다.
"영남아, 많이 먹어."
"지금 먹고 있잖아."
"목메겠다. 우유도 마시면서 먹어."
"응. 너는 안 먹니?"
"나도 먹을게."
그제야 보라도 빵을 먹기 시작했다.
"아, 이제 정신이 좀 난다. 살 것 같아."
연거푸 빵 네 개를 먹고 우유 한 잔을 마신 뒤에야 영남이의 손놀림이 느려졌다.
"배고픈 덴 장사가 없다더라."
"치! 나 별로 배고프지 않았어. 네가 사준다기에 먹어 준 것뿐이야."
"알았다, 알았어. 그건 그렇고, 말해 봐. 그렇게 급히 어딜 가고 있었던 거니?"
"별로 갈 데도 없었어."
"지금까진 어디 있었는데?"
"길거리에서 어떤 친절한 아저씨를 만나서 며칠 편히 지냈는데……."
"그랬는데?"

영남이는 한참 고민을 하더니,

"처음엔 일자리를 구해 준다고 하더니, 나중엔 나쁜 짓을 하라는 거야."

하고는 고개를 푹 떨구었다.

"나쁜 짓이라니?"

"순경 아저씨가 알면 잡아갈 짓."

"응, 알겠어. 무작정 상경한 시골 애나 집을 나온 어린 애를 꼬여서 도둑질이나 소매치기 같은 걸 시키는 나쁜 사람들이 있다더니, 그 사람이 바로 그런 사람이었구나."

"어머, 너 그런 걸 어떻게 아니?"

"나는 뭐 눈도 없고 귀도 없나? 보기도 하고 듣기도 했지."

"난 그걸 몸소 경험했다고."

"그러니까 조심하랬잖아. 애가 주책없게 언니한테서 도망치더니……."

"아 참! 너 아까 신문 광고 어쩌고 한 게 뭐야? 그리고 내가 도망쳐 나온 거 어떻게 알았니?"

"응, 그거. 그게 어찌된 거냐면 말이야……."

보라는 그동안 있었던 일을 하나도 빠짐없이 영남이에게 들려주었다.

영남이는 '어머, 그랬니?'하며 놀라워하면서도, 눈으로는 문 쪽을 뚫어지게 쳐다보고 있었다.

"너 왜 아까부터 문 쪽을 보니?"

"그 무시무시한 아저씨가 내가 도망친 걸 알고 곧 들이닥칠 것만 같아서."

"그렇다면 여기도 오래 있을 곳이 못 되는구나. 다 먹었으면 우리 나가자."

"어디로 가게?"

"날 따라와 보면 알아. 내가 안전한 곳으로 안내할게."

빵집을 나온 보라는 영남이를 자전거 뒤에 태우고 학교로 달렸다.

"저게 내가 다니는 학교인데, 그리로 가는 거야."

"거긴 왜?"

"글쎄, 좀 잠자코 있어."

학교 교문 앞에서 자전거를 멈춰 세운 보라는 영남이에게 잠깐만 기다리라고 하고는 수위실로 들어갔다.

"아저씨."

"어, 돌아가다 말고 왜 도로 왔니?"

"아저씨한테 부탁드릴 일이 생겨서요."

"나한테 부탁을? 그게 뭐냐?"

"네. 사포 해수욕장에서 돌아오는 배에서 만난 앤데요, 불량배의 꼬임에 빠져서 하마터면 큰일 날 뻔했다가 도망쳐 나온 애예요. 집에 가다가 우연히 만났는데, 우선은 이리로 데려왔어요. 아저씨가 하룻밤만 보호해 주시면 내일 어디든 안전한 곳으로 보내거나 고향으로 돌려보낼까 해서요."

"흠! 보라가 아주 잘 생각했구나. 이리로 데려온 건 잘한 일이야. 지금 어디 있니? 어서 데려오려무나."

보라는 수위실에서 고개를 내밀어 영남이를 불렀다.

"빨리 이리 와."

영남이는 보라가 부르자, 서둘러 수위실로 들어왔다.

"아저씨, 얜데요. 더 자세한 얘기는 내일 해드릴 테니, 우선은 보호를 부탁해요."

"알았다. 아무 염려 말고 어서 가 봐라. 집에서 걱정이 이만저만이 아니시겠다."

"네, 아저씨. 그리고 영남아, 여기서 마음 푹 놓고 하룻밤만 지내. 내일까진 반드시 좋은 생각이 떠오를 거야. 알았지?"

"응, 고마워."

"아저씨, 그럼 부탁드려요. 영남아, 내일 보자."

보라는 인사를 하고 수위실을 나왔다. 그런데 자전거가 보이지 않았다.

"어, 이상한데? 분명히 여기다 세워 놨었는데……."

주위를 살펴보니, 보라의 자전거는 교문에서 20미터쯤 떨어진 으슥한 곳에 세워져 있었다.

"누가 저기다 갖다 놨지?"

보라는 고개를 갸웃거리며 자전거 있는 데로 달려갔다. 그때, 한 남자가 자전거를 타려는 보라 옆으로 불쑥 나타나

자전거 핸들을 꽉 잡았다.
"어? 아, 아저씬 누구세요?"
"강영남을 찾고 있는 사람이다."
"자전거 놔요. 나 바빠요."
"나도 바쁜 사람이야. 너, 나하고 무슨 원한이 있다고 내가 하는 일에 방해를 놓는 거냐?"
"난 아저씨 하는 일 방해한 거 없어요."
"시끄러! 네가 나설 일도 참견할 일도 아니니까, 빨랑 꺼져. 따끔한 맛 보지 않으려면."
"꺼질게요. 그러니까 이거 놔요."
"그렇게는 안 돼!"
그 남자는 음흉한 웃음을 짓더니, 어느새 칼을 꺼내 들고 위협했다.
"이 칼 보이지? 이건 장난감 칼이 아니야. 내가 이 자전거 맡아 둘 테니까, 빨리 가서 고 계집애를 이리 데려와. 알았어?"
"아, 알았어요. 고, 곧 가서 데려올게요."
"미리 말해 두지만, 딴소리 지껄이면 재미없어. 그냥 아무 소리 않고 데려오는 거야. 알았지?"
"네, 알았어요."
"그럼, 번개총 소리 나게 갔다 와."
불량배에게 자전거를 빼앗긴 보라는 허둥지둥 학교 수위

실로 뛰어왔다.
"아, 아저씨, 아저씨."
"아니, 또 무슨 일이냐? 숨 좀 돌리고 얘기해라."
보라는 가슴이 쿵쾅거려 제대로 말을 할 수가 없었다.
"웨, 웬 사람이 자, 자전거를 뺏고……, 영남이를 데려 오라고 카, 칼을 들이대고……."
"음, 바로 그자로구나. 가만……어떡한다?"
보라와 영남이는 수위 아저씨가 궁리하는 모습을 안타깝게 쳐다보다가,
"좋아, 둘이서 그리로 가라."
하고 수위 아저씨가 말하자 보라는 울상이 되었다.
"아, 아저씨. 영남일 그놈 손에 넘겨 주려고요?"
"글쎄, 가라면 가기나 해. 뒷일은 내가 알아서 할 테니까."
"네, 알았어요. 아저씨만 믿어요. 영남아, 가자."
보라와 영남이는 도살장에 끌려 가는 소걸음으로 억지로 억지로 걸었다. 영남이가 울음을 터뜨리며 말했다.
"난 이제 어떡하면 좋아……."
"걱정하지 마. 수위 아저씬 힘쓰는 덴 자신 있는 분이야. 한창 때는 유도가 2단이었대."
"하지만 그 남자도 만만치 않을걸."
자전거가 있는 곳까지 채 가기도 전에,
"영남아!"

하고, 그 불량배가 옆에 있는 가게에서 불쑥 튀어나왔다.

"너, 내 신세 잔뜩 져 놓고, 이럴 수가 있니? 사라지더라도 은혜는 갚고서 사라져야 할 거 아냐. 안 그래?"

불량배는 영남이 팔을 낚아채서 거칠게 잡아끌었다.

"아이, 이거 놔요, 놔!"

보라가 와락 덤벼들었지만, 불량배가 휘두르는 주먹 한 방에 저만큼 나가떨어졌다. 보라는 그래도 곧 벌떡 일어나서 다시 덤벼들려고 했다.

그때, 수위 아저씨가 나타나 보라를 잡아 말리며 그 불량배 앞으로 쓱 나아갔다.

"이봐, 나 좀 봐."

"넌 또 뭐야?"

불량배는 자기보다 나이가 많은 수위 아저씨에게 다짜고짜 반말이었다.

"나, 이 애들을 보호할 책임이 있는 사람이야."

"네가 함부로 나설 자리가 아니야. 난 이 계집애를 재워 주고 먹여 주느라 적지 않은 돈을 들였어. 그러니 그 돈을 돌려받거나, 아니면 애를 데려가 그 돈만큼 일을 시키든가 해야 돼."

"그렇게 못하게 한다면?"

"그렇다면 이렇게 할 뿐이다."

불량배는 기습 공격을 했다. 수위 아저씨는 불량배에게 밀려 나는가 싶었지만, 곧 반격을 가했다.

"에잇! 네가 감히 날 건드렸어."

수위 아저씨는 오른 주먹으로 불량배의 배를 강타했다.

"윽!"

불량배는 배를 움켜 쥐고 휘청휘청 두어 발짝 뒤로 물러났다.

"덤벼! 얼마든지 덤비라고."

수위 아저씨의 말에 불량배는 칼을 빼들었다.

"이게 안 보여? 죽고 싶으면 계속 날뛰고, 안 그러면 꺼져!"

"흥, 그 한 뼘도 안 되는 칼 따위를 내가 무서워할 줄 아냐?"

"너 아직 칼 맛을 못 봤구나."

불량배는 칼을 휘두르며 수위 아저씨에게 달려들었다. 옆에서 안절부절못하고 지켜 보던 보라와 영남이의 얼굴이 새파랗게 질려 있었다.

"으라차차차!"

수위 아저씨는 기합 소리와 함께 불량배를 향해 이단 옆차기를 했다.

"윽! 끙!"

불량배는 뒤로 벌렁 자빠졌다.

"빨리 일어나서 또 덤벼 봐. 네놈이 칼 아니라 도끼를 들고 나타나도 눈 하나 깜짝하지 않아. 어서 덤벼!"

수위 아저씨의 호통에 불량배는 슬슬 뒷걸음질을 치더니, 발에서 불이 날 정도로 도망쳤다. 가슴 졸이며 조마조마하게 보고 있던 보라와 영남이는 그제야 안도의 한숨을 푹 내쉬었다.

저만큼 뛰어가던 불량배는 문득 뒤돌아 서더니,

"오늘은 그냥 간다마는 이 은혜 꼭 갚으러 올 테니 각오하고 있어. 제기랄!"

하고 크게 소리쳤다.

"으하하하! 나중에 보자는 놈 치고 대단한 놈 하나도 못 봤다. 더 혼나기 전에 어서 사라지지 못 해!"

수위 아저씨도 지지 않고 큰소리로 고함쳤다.

"아저씨, 다시 봤어요. 보통 솜씨가 아니던데요."
"고맙습니다."
보라와 영남이는 수위 아저씨에게 감사의 인사를 했다.
"뭘 그까짓 걸 가지고."
수위 아저씨는 으쓱 뽐내더니,
"영남이라고 했지? 우린 그만 학교로 가자."
하고 다정하게 영남이 어깨를 잡았다.
"아저씨, 난 어떡해요?"
"너야 집으로 가야지. 왜, 돌아갈 길이 겁이 나니? 하긴 그놈이 어딘가에 숨어서 널 기다리고 있을지도 모르지."
"에이, 공연히 겁 주지 마세요."
"아냐, 공연히 그러는 게 아니야. 집에 전화해서 차를 보내 달라고 해라. 너희 집에 차 있댔지?"
"아니요, 그럴 필요까지는 없고요. 자전거는 아저씨한테 맡겨 놓고 택시로 가야겠어요."
"택시비 있니?"
영남이가 걱정스럽게 물었다.
"응, 비상금 있어."
"그럼, 그렇게 하려무나. 내가 자전거를 끌고 갈 테니, 너는……. 오, 마침 저기 빈 차가 오는구나. 택시!"

난희 아버지의 도움

택시를 탄 보라는 집으로 가지 않고 난희네 집으로 갔다. 난희가 문을 열어 주었다.
"웬일이니? 밤늦게……."
"음, 그럴 일이 좀 생겼어."
"자전거도 안 타고 왔어?"
"자전거가 다 뭐야. 하마터면 죽을 뻔했는데."
"죽을 뻔하다니?"
보라와 난희가 응접실로 들어가자, 난희 아버지와 석두가 텔레비전을 보고 있다가 보라를 반겼다.
"안녕하세요!"
"오, 어서 오너라."
"얀마, 넌 어딜 돌아다니다가 이제야 나타났니? 너희 집에서 전화 왔었다."
"응, 곧 집에 돌아갈 거야. 그것보다 석두 형하고 의논할 일이 있어서 들렀어."
"나하고? 무슨?"

"나 오늘 강영남이를 만났어."

"그래? 어디서?"

석두와 난희뿐 아니라, 난희 아버지도 반색을 했다.

"너희들이 요새 열심히 찾고 있는 그 애 말이구나?"

"네, 아저씨. 학교에서 오는 길에 우연히 마주쳤어요. 서울은 정말 넓고도 좁은 도시인가봐요."

"그래서 지금 영남인 어딨어?"

난희가 물었다.

"학교 수위실에다 보호해 놨어."

"보호라니? 너 아까 죽을 뻔했다고 하더니, 무슨 일 있었니?"

"응. 학교에서 자전거 연습하고 오는 길에 영남이를 만나 가지고 저녁 사주고 학교로 갔는데……."

"걔가 또 도망쳤구나?"

"아니야. 수위 아저씨한테 영남이를 하룻밤만 재워 달라고 부탁드리고 막 돌아섰는데……."

보라는 웬 수상한 사람이 나타나 자전거를 뺏고 칼을 들이댔다는 것, 수위 아저씨가 그 사람을 멋지게 물리쳤다는 것, 그래서 영남이는 도로 수위실로 가고 자기는 택시를 타고 왔다는 것 등을, 마치 눈앞에 보이는 것처럼 생생하고 박진감 있게 이야기해 주었다.

"와, 내가 그 자리에 있었어야 하는 건데……."

석두가 애석하다는 듯 주먹으로 탁자를 쾅 쳤다.

"애개개! 오빠가 거기 있었다면 아마 기절했을 거야."

"뭐라고? 너 말 다했어?"

"다 했지 않고 그럼."

"요걸 그냥……."

석두와 난희가 말다툼을 하려 하자, 보라가 얼른 가로막고 나섰다.

"형, 지금 그럴 때가 아니야. 난 지금 앞으로 영남이를 어떡해야 하는지 그걸 의논하려고 온 거야. 형이 강영남 후원회 회장 아니우."

"음, 그건 그렇지만……. 별안간 닥친 일이라 어쩌면 좋을지 잘 생각이 나지 않는데……."

그러자 옆에서 듣고 있던 난희 아버지가,

"가만. 내게 좋은 수가 있다."

하더니 아이들을 둘러보며 물었다.

"그러니까 지금 당장 가장 큰 문제는 개가 가 있을 만한 곳을 구하는 거 아니냐?"

"그렇습니다."

"그래서 말인데……, 그렇잖아도 내가 당분간 병원에서 시중 들어 줄 사람을 구하고 있었다. 그 일을 그 애한테 부탁해 보면 어떨까? 사례는 넉넉히 하기로 하고 말이다."

"아버지, 정말 그렇게 하는 게 좋겠어요."

난희가 당장 찬성을 했다.
"아니, 아주머니 병환이 아주 심각하신가보죠? 아직껏 병원에 계세요?"
보라가 걱정스럽게 물었다.
"음. 종합 검사 결과, 얼마 동안은 입원을 해야 한다더구나. 그렇다고 뭐 큰 병은 아니니까, 보라 너까지 걱정할 건 없다. 그래, 영남이라는 애가 그 일을 할 수 있겠니?"
"제가 생각하기엔 좋을 것 같은데……. 영남이한테 직접 물어 보면 되지요, 뭐."
보라는 전화기 옆으로 가서 다이얼을 돌렸다.
"여보세요. 거기 슬기초등학교 맞죠? 아, 아저씨세요? 저 보라예요. 네, 무사히 도착했어요. 걱정 마세요. 그것보다 영남이 좀 바꿔 주세요. 영남이니? 나, 보라야. 다름이 아니라, 너 금석두 알지? 중학생 형. 그래, 그 형 어머니가 지금 병원에 입원해 계시거든. 그래서 네가 병원에서 간호를 좀 해드리는 게 어떻겠냐는 모두의 의견이야. 그, 그래? 그럼, 지금 곧 그리로 갈게, 기다리고 있어. 그래, 이따 보자."
"뭐래니? 하겠대?"
"응, 하겠대."
"그것 참 잘됐구나. 그럼, 난희는 집을 봐야겠고. 석두야, 가자. 보라도 나서라. 병원 다녀오는 길에 너희 집 앞에서 내려 주마."

"네, 그럼 우선 집에다 걱정하시지 말라고 전화나 해드려야겠어요."
"그래, 그게 좋겠다."

다음 날 아침, 병원 입원실.
"애, 네 이름이 영남이랬지?"
난희 어머니는 침대에 누워, 의자에 앉아 책을 읽고 있는 영남이에게 인자한 목소리로 말을 걸었다.
"네, 강영남이에요."
영남이는 읽던 책을 덮어두고 난희 어머니를 쳐다보았다.
"서울에는 왜 왔니?"
"그냥 오고 싶어서요."
"그냥이라니? 그래도 무슨 생각이 있었겠지."
"취직해서 공부를 계속하고 싶었어요. 전 공부하는 게 참 좋거든요. 그리고 공부뿐만이 아니고 음악, 미술, 무용 같은 것도 해보고 싶어요. 선생님도 늘 말씀하셨거든요. 제가 예능에 소질이 있다고요. 하지만 아직 뭐가 되고 싶은지는 뚜렷하게 생각해 보지 못했어요. 그럴 만한 형편도 아니고……."
"영남아, 다른 건 몰라도 미술이라면 마침 잘됐다. 석두 아버지가 화가시니까, 내가 퇴원하면 우리 집에 살면서 공부도 하고 그림 지도도 받으렴."

"네? 그 아저씨가 화가세요?"

"그렇단다."

"하지만……, 하지만 아주머니는 왜 제게 그렇게 친절하게 해주세요?"

난희 어머니는 빙그레 웃었다.

"왜, 이상하니? 서울에 오자마자 몹쓸 사람한테 봉변을 당하고 나니까 괜히 의심이 생기는가 보구나?"

"아, 아니에요. 그게 아니라……."

영남이는 얼굴이 새빨개져서 말을 잇지 못했다.

"그냥 너를 도와 주고 싶어서 그러는 거야. 이 아줌마도 옛날에 너처럼 어렵게 공부를 했단다. 너를 보니까 꼭 어렸을 때의 내 모습을 보는 것 같구나. 그래서……."

그때 노크 소리가 똑똑 들렸다.

"네, 들어오세요."

보라와 찬식이가 문을 열고 들어왔다. 보라는 비둘기통을 들고 있었고, 찬식이는 꽃다발을 안고 있었다.

"아주머니, 안녕하세요?"

"오, 어서들 오너라."

찬식이가 영남이한테 반갑다고 인사하며 꽃다발을 내밀었다.

"어머, 이거 나 주는 거야?"

"아, 아니. 아주머니 문병 오면서 사온 거야."

영남이는 무안해서 어쩔 줄 몰라 하더니, 보라한테 신경질을 부렸다.

"보라, 넌 웬 비둘기통을 들고 왔니?"

"제가 민망하니까 괜히 나한테 시비야. 이제 네 일도 한시름 놓고 해서, 요번 가을에 부산에서 서울까지 비둘기 레이스가 있는데, 그 경기에 참가할 연습을 시키려고 들고 다닌다, 왜?"

"그렇다고 병원에까지 들고 오면 어떡해?"

"병원뿐만이 아니라 화장실까지도 꼭 안고 다닌다. 그것도 훈련이니까."

"어머, 어머. 별꼴이야!"

"호호호. 그만들 해둬라. 보라야, 영남이를 소개해 줘서 고맙다."

"뭘요! 그보다도 몸은 좀 어떠세요?"

"많이 좋아졌어. 얼마 안 있어 퇴원하게 될 것 같다."

그때 또 노크 소리가 들리더니, 난희와 보연이가 들어왔다.

"보연이가 왔구나."

"아주머니, 안녕하셨어요? 보라, 너 여기 있었구나?"

"난 문병 좀 다니면 못쓰나."

"그게 아니라, 아버지가 기다리고 계셔. 한가한 틈을 이용해서 네 모델이 되신다고 집에 들어오셨어."

난희 아버지의 도움

"그래? 그럼 가 봐야지. 그보다도, 소개시킬게. 서로 인사들 나눠."

보연이가 영남이 앞으로 다가서며 손을 내밀었다.

"나, 보연이야. 반갑다. 우리 친하게 지내자."

"만나서 반가워. 언니라고 부를게."

영남이가 손을 맞잡았다.

"난 금난희고, 이제 5학년이니까 내가 언니라고 불러야겠네."

"반갑다."

보연이, 영남이, 난희가 서로 언니 동생하며 서열을 따지자, 보라와 찬식이는 '그럼 우린 어떡해야 하는 거지?' 하며 난처해 했다.

"저런 꼬마를 보고 누나라고 할 수도 없고, 이거 문젠데."

"그러게 말이야. 우린 그냥 친구하자."

보라와 찬식이의 말에,

"어머, 그러는 게 어딨니? 나이가 두 살이나 많은데."

하고 보연이가 반대하고 나섰다.

"그래도 저런 꼬마한테……."

"또 여지껏 친구같이 지냈는데 새삼스럽게 뭘……."

그러자 영남이가 남자 아이들을 째려 보며 말했다.

"친구 하는 건 좋지만, 자꾸 꼬마꼬마 하지 마. 키는 작지만 다른 건 너희들보다 더 커. 키 작다고 무시하다간 큰코

다친다고."

"알았어, 알았어. 꼬마라고 하지 않는 대신 누나라고도 하지 않는다. 그럼 됐지?"

"그건 맘대로 해."

아이들의 얘기를 듣고 있던 난희 어머니가 문득 생각이 난 듯 채근했다.

"보라야, 아버지께서 기다리고 계신다지 않니? 빨리 집에 가 봐야지."

"조금 더 있다 갈래요. 그 대신…… 난희야, 종이하고 연필 좀 줘."

"뭘하려고?"

"글쎄, 줘 봐."

"여깄어."

보라는 그 종이에다가, '아버지, 여기는 난희 어머니가 입원하신 병원입니다. 곧 집으로 가겠으니 조금만 더 기다려 주십시오. 보라 올림.'이라고 쓴 뒤, 비둘기 발목에 매달아서 날려 보냈다. 비둘기는 병원 창문에서 푸른 하늘로 힘차게 날아올랐다.

풍선에 소원 쓰기

"보라야, 이제 그만하고 좀 쉬었다가 다시 계속하기로 하자."

"안 돼요, 아버지. 저는 일어선 채 그리는데, 편히 앉아서 가만 계시면서 뭐가 어렵다고 그러세요?"

"어려워서가 아니라 오금이 저려서 하는 말이다."

"그래도 조금만 참으셔야 해요."

"참자니 힘이 들어서 그런다. 어깨가 뻐근하고 허리가 땡기고 손발은 감각을 잃을 지경이다."

그러자 보라가 그것 보라는 듯,

"이제야 아셨죠? 어른도 그런데, 우리 어린아이들이 교실에서 하루 종일 꼼짝도 못하고 있자니 얼마나 고생이겠어요."

하고 따졌다.

"음, 그 점은 동정한다."

"그러니까 동정만 하실 게 아니라 지금 실천을 하셔야죠. 움직이시면 안 돼요."

"그, 그래……."

아버지는 풀이 죽어서 얼굴이 일그러졌다.

"아버지, 표정이 왜 그러세요? 미소를 짓고 계시랬는데 그렇게 울상을 하시면 어떡해요. '웃는 얼굴에 침 못 뱉는다' '웃는 집에 복이 온다' 모르세요?"

"알긴 안다만 노상 바보처럼 히 웃고 있자니 그것도 고역이구나, 우스워야 웃지."

"억지로라도 웃으셔야 해요. 사진 찍을 때 하는 것처럼 '김치'나 '치즈' 해보세요."

"오냐. 김치이, 치이즈, 김치이."

"아버지. '김'하고 '즈'는 빼시구요, 그냥 치……치……하시면 돼요."

"알았다. 치, 치, 치."

아버지는 울상이 되어, '치' 소리만 되풀이했다. 그런 아버지의 고역에는 아랑곳없이 보라는 그림 그리기에만 열중했다.

그때 어머니가 과일 접시와 음료수를 들고 들어왔다.

"보라야, 수고한다. 이거 먹고 나서 해라. 당신도 이거 드시고 하세요."

"안 돼요, 엄마. 지금이 얼마나 중요한 때라고요. 코를 완성시켜야 한다고요."

"아니, 여보. 당신은 뭐가 못마땅해서 치, 치 하고 계세요?"

"보라가 그렇게 하라는구려."

"제가 언제 치, 치 하시랬어요? 웃는 얼굴로 치…… 치…… 하시랬죠."

"초상화고 뭐고, 난 그만두련다."

"진짜 이러시기예요? '가다가 중지 곧 하면 아니 감만 못하니라'도 모르세요?"

"미, 미안하다."

보라 어머니는 초상화 모델 노릇 하느라 쩔쩔매고 있는 보라 아버지의 모습을 보고, 손으로 입을 가리고 쿡쿡 웃었다.

"아버지, 왜 얼굴을 씰룩거리세요?"

"아까부터 콧잔등이 가려워 죽을 지경이다. 좀 긁으면 안 될까?"

"물론 안 되지요. 모델이 움직이면 작품이 엉망이 되니까요."

"알았다. 참을 '인(忍)'자 세 번이면 살인도 면한다고 했는데 까짓 것……. 하지만 보라야, 담배 한 대쯤이야 피워 물어도 괜찮겠지?"

"안 돼요."

이번에는 보라 대신, 보라 어머니가 반대를 했다.

"당신은 원래 담배를 너무 많이 피우시는 어른이에요. 그러니, 보라 모델이 되시는 동안만이라도 참으세요."

"그럼, 당신 말대로 담배는 참는다고 하지만, 목이 마른 것은 어떡하우?"

"그거야 어쩔 수 없지요. 이 음료수 한 잔 드시고 하세요."

"안 돼요, 엄마! 앗, 아버지! 움직이지 마세요."

그러나 아버지는 이미 자세를 허물고 음료수 잔을 들어 벌컥벌컥 마시고 있었다.

"아이, 어떡해요!"

"보라야, 나 초상화 안 그리련다. 그 대신 강영남 후원회의 특별 종신 회원이 되어 주마. 그럼, 됐지?"

"와아, 신난다!"

보라는 아버지에게 매달려 양볼에 쪽쪽 입을 맞추었다.

"애가 왜 이래. 애, 징그럽다. 징그러워!"

다음날, 보라네 가족과 난희네 가족, 그리고 영남이 언니, 찬식이, 명호, 수위 아저씨 들은 난희 어머니가 입원한 병실에 모여 〈강영남 후원회〉 발족식을 가졌다. 영남이 언니와 영남이는 계속 훌쩍훌쩍 울음을 그치지 않았다.

제일 먼저 난희 어머니가 영남이를 난희와 똑같이 친딸처럼 돌봐주겠다고 다짐했고, 난희 아버지는 있는 힘껏 그림 공부를 시켜 주겠다고 맹세했다. 그리고 보라 아버지는 앞으로의 학비를 전액 대주겠다고 약속했다.

"고, 고맙습니다. 여러분의 뜻에 어긋나지 않는 착하고 훌륭한 학생이 되겠어요. 그리고 언니, 나 땜에 속 많이 썩었지? 미안해."

"아니야, 오히려 너를 이해 못한 내가 미안하구나. 그리고 난 얼마나 고마운지…… 정말 뭐라고 드릴 말씀이……."

"영옥 양, 고맙긴. 다 이렇게 돕고 사는 거지. 또 아나? 언젠가 영남이가 우리를 도와 주게 될지……."

병실 안에 있는 사람들이 모두 눈시울을 붉혔다.

그때, 분위기를 바꾸려는 듯 난희가 보라에게 명랑한 목소리로 말했다.

"애, 너 그거 안 해?"

"응, 참!"

보라는 거기 모인 사람들에게 색색 가지 고무 풍선을 나눠 주었다.

"제가 이 매직펜을 돌릴 테니까 각자 가지신 풍선에다 소원을 한 가지씩 쓰세요. 풍선이 터지지 않게 조심조심 쓰셔야 합니다. 그럼, 제일 먼저 오늘의 주인공인 강영남 양부터 쓰겠습니다."

보라는 영남이에게 매직펜을 건네주었다.

영남이는 잠깐 망설이더니, 사기의 빨간 풍선에나 '사랑'이라고 썼다. 그러고 나서 노란 풍선을 든 난희 어머니에게 매직펜을 넘겨 주었다.

병실에 모인 사람들은 저마다 가슴속 깊이 간직하고 있던 단어를 하나씩 풍선 위에 써 나갔다. 어떤 사람은 '건강' 또 어떤 사람은 '과학자', '부자', '훌륭한 그림', '평화' 등등······.

빨강, 파랑, 노랑, 초록 풍선 위에는 세상에서 가장 아름다운 낱말들이 씌어져 갔다.

풍선에 소원 쓰기가 다 끝나자, 보라는 그 풍선들을 들고 모두 창가로 모이라고 했다. 그리고 자기가 비둘기를 날려 보냄과 동시에, 소원이 씌어진 풍선을 하늘 높이 날려 보내라고 했다.

"비둘기야, 날아라!"

비둘기가 날아오름과 동시에 색색 가지 풍선들이 저마다의 꿈과 희망을 싣고 두둥실 떠올랐다.

아이들의 꿈은 아이들의 꿈대로, 어른들의 희망은 어른들의 희망대로, 빨갛고 파랗고 노란 꿈과 희망은 푸른 하늘로 날아올랐다. 그 풍선들 가운데서 비둘기는 마치 그 꿈과 희망들을 축복이라도 하듯 하얀 날갯짓을 했다.

조훈파

소설가. 평양에서 태어나다. 일본 센슈대학 법과 졸업. 국도신문사, 세계일보사, 한국경제신문사 논설위원과 공보실 공보국장, 공무원 사무처 공보국장, 중앙방송국장을 역임. 지은 책에 《대하소설 한국인》《대하소설 만주》《소설 한국사》《소설 성서》《조훈파문학전집 8권》《얄개이야기 총20권》 등이 있음.

조훈파얄개걸작시리즈 3
얄개·꼴찌에게 갈채를
조훈파 지음
1판 1쇄 발행/2018. 5. 5
펴낸이 고정일
저작권 정명숙
펴낸곳 동서문화사
창업 1956. 12. 12. 등록 16-3799
서울 중구 다산로 12길 6(신당동 4층)
☎ 546-0331~6 Fax. 545-0331
www.dongsuhbook.com
*
이 책의 출판권은 동서문화사가 소유합니다.
의장권 제호권 편집권은 저작권 법에 의해 보호를 받는 출판물이므로 무단전재와 무단복제를 금합니다.
사업자등록번호 211-87-75330
ISBN 978-89-497-1666-4 74800
ISBN 978-89-497-1663-3 (세트)